ホハレ峠

ダムに沈んだ
徳山村百年の軌跡

大西暢夫
写真・文

目次◉『ホハレ峠——ダムに沈んだ徳山村　百年の軌跡』

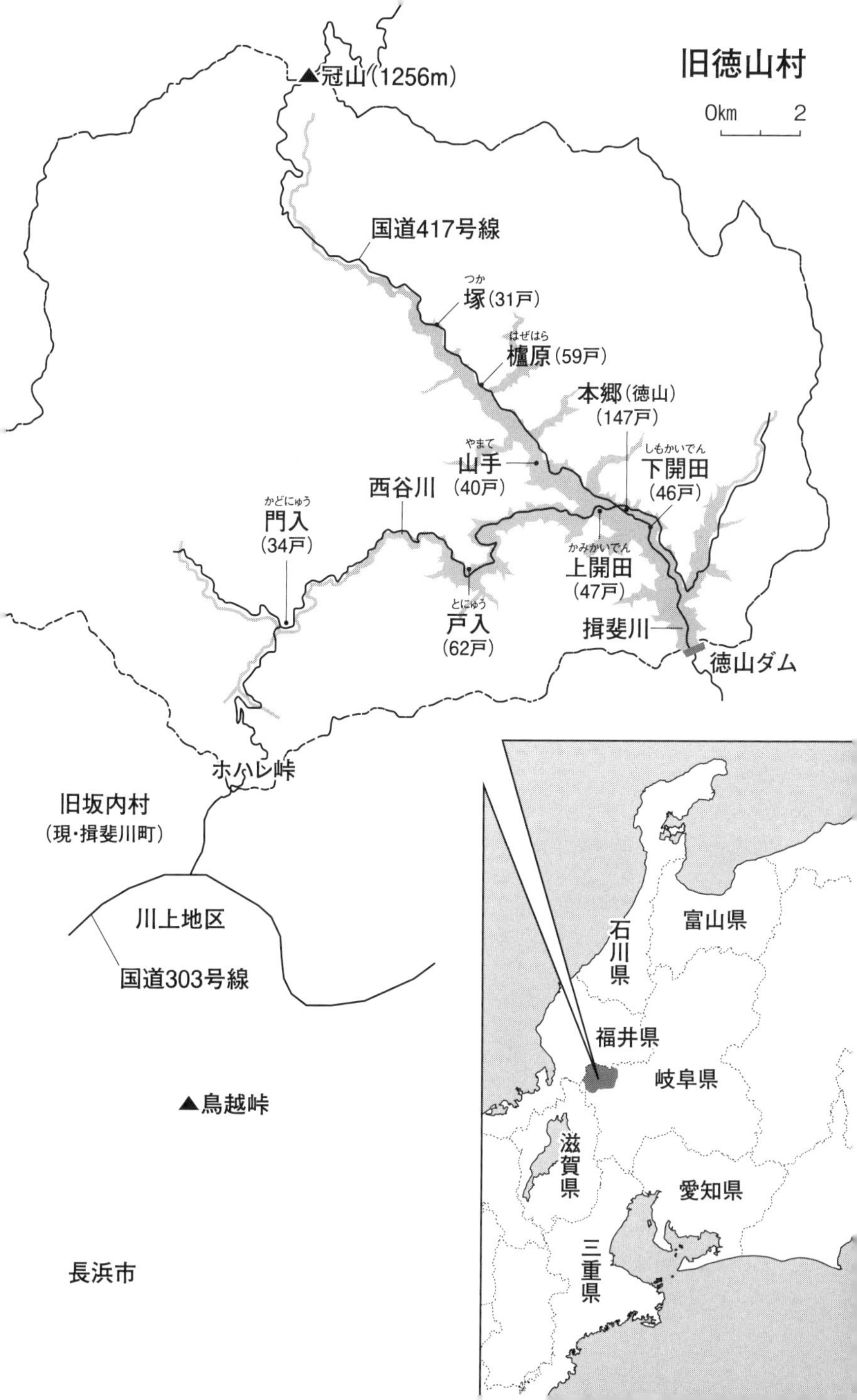
旧徳山村
0km 2
▲冠山（1256m）
国道417号線
塚《つか》（31戸）
櫨原《はぜはら》（59戸）
本郷（徳山）（147戸）
山手《やまて》（40戸）
下開田《しもかいでん》（46戸）
西谷川
門入《かどにゅう》（34戸）
上開田《かみかいでん》（47戸）
戸入《とにゅう》（62戸）
揖斐川
徳山ダム
ホハレ峠
旧坂内村
（現・揖斐川町）
川上地区
国道303号線
▲鳥越峠
長浜市
富山県
石川県
福井県
岐阜県
滋賀県
愛知県
三重県

プロローグ

徳山村と同じ岐阜県揖斐郡《いびぐん》に暮らす僕は、東京という大都市での暮らしを変え、カメラマンという仕事を続けながらも、田舎暮らしを始めた。とは言っても、もともと一八歳（一九八六年）までこの町で育ってきたから、勝手は多少なりとも分かっていた。

僕が暮らしている池田町から北へおよそ五十キロほど、車で一時間くらいのところに、かつての徳山村があった。

徳山村がダムに沈むという話は、物心ついた頃から何気なく聞いていたことで、ダム完成が近づいてきた頃は多くが報じられたが、昔はそれほど特別な話題になることはなかったように思う。

僕は、この世から村が消えるというできごとを想像することができなかった。そんなことが人の力でできるのだろうか。壮大すぎて考えられなかったのだ。そして二三歳の頃から、カメラを持って東京から徳山村へオートバイに乗って五〇〇キロの道のりを通うようになった。山深い山村で、行けども行けどもなかなか目的地につかない。この道のりに慣れるまでしばらくかかった。

徳山村はダムに沈んでしまう運命でしかなかったが、将来、二度と足を踏み入れることができないのかと思うと、今の村を写真で記録しておこうという気持ちはますます強くなった。心の中ではダムを造らないほうがいいのではないか、これ以上、人の暮らす環境を破壊することを考え直したほうがいいのではないかと、知識がない中でも自分なりの思いは少し持っていた。

廃村になって四年目の一九九一年に初めて訪れた僕は、もうこの村には誰もいないと思っていたが、数世帯のお年寄りが暮らしていることを知った。

村には店もないし、民家もない。携帯も通じないし、お金の使えるところすらない。村の機能は失われていた。電気やガスや水道もなかったが、小さなほったて小屋に暮らすおばあさんに出会った。不便さどころか、満面の笑みをうかべ、幸せに生きている感じをふりまいているようだった。「こんなええとこ、独り占めしてええんかな」と大声で笑う。

僕にはその言葉の意味がすぐには飲み込めなかった。季節ごとに山の食材を採り、それを綺麗に料理する。僕が知らない味に数多く出会った。

この暮らしは、一体なんなのか。豊かさのようなものを求め、僕は都会に飛び立ったはずなのに、それがどんどん壊されていくことが怖い反面、この豊かさを知る喜びにも興奮した。

季節感のない僕の暮らしとは違って、徳山村では、春から冬までの暮らしの違いがはっきりと見えた。その時に必ずしなくてはならない仕事も、毎年、くりかえしやって来る。春は春にしかできない仕事を優先させ、夏は夏の仕事、秋もその時の仕事をしつつ、冬の支度に時間を取られる。その季節にしか出てこない食料を食べ、決して自然に逆らうことなく、淡々と暮らしていた。

よく村のジジババたちが言っていた。「人生は長く感じていても、米作りはたった七十回くらいの経験しかないからな」。一年に一度の仕事も、人生の長さからすれば回数はそれほど多くは感じない。

徳山村でご馳走になると、今の季節のものばかりが食卓に並んだ。僕が普段何気なく食べているものにも、旬があることに気づかされた。

なにより、ジジババたちが食べ物を得るために費やす時間の多さには驚かされた。一日中、一年中、食べ物のために体を動かしていた。しかし採り過ぎることはしない。来年を考えてのことだ。その暮らしは、僕とはまるで違う生き方だった。

将来的にここがダムの底に沈んでしまったら、今こうして目の前で見ているものすべてが、二度と見ることができなくなる。僕はよくそんな独り言を呟いていた。

タイミングが悪いことに、僕の生きている時代が、村の将来を問われている。今まで途方もない時間で培ってきたはずの大地を沈めてまで得ようとするものとは、何だろうか。人の欲に歯止めが効かず、次から次へと消費する社会。こんな生活を、いつまで続けられるのだろうか。そう考えるようになったのも、徳山村の質素で豊かなジジババの暮らしと出会ってからだった。

ダムは、現代の豊かさが生み出してしまった象徴の一つなのではないだろうか。

沈んでしまう大地を記録することがきっかけだったが、それだけに収まりきれない気持ちがフツフッと湧き始めている。とにかく僕は、この村に立ち、最後を記録している。どれだけ古い歴史があるかわからないが、最後に脳裏とフィルムに焼き付けられるのは、僕しかいないのだ。

一五〇〇人ほど暮らしていた徳山村のもっとも奥の集落・門入《かどにゅう》に、最後の一人になった廣瀬ゆきえさん（大正八＝一九一九年生まれ）は、薪ストーブに火をくべながら、「ここは何もないが、住めば都なんや」と笑っていた。

ゆきえさんは、誰もいなくなった集落に何を思い、感じてきたのだろうか。ダムを中心に村のことを語ることが多かったゆきえさんだが、ダムは彼女の長い人生の後半でしかない。

僕は、ゆきえさんが村に残った理由をどうしても知る必要があった。最奥地に最後の一人で生き続けたこだわりは、日本最大のダムに何を問いたかったのか、その本質が詰まっていると感じていた。

手元にゆきえさんが語る四五時間ほどのテープが残っている。ダムが完成し、移転地に落ち着いた数年後から、僕はゆきえさんの言葉の記録を取り始めた。

僕が会いに行くたびに語り続けた記録だ。ダムに翻弄された話以外の普段の徳山村が知りたかった。ゆきえさんも昔を思い出しては語るのが楽しくて仕方ない様子だった。会話の中に出てきた地名を頼りに、僕はゆきえさん夫婦が歩いた軌跡を探した。ゆきえさんが脳裏で描いているはずの風景を、僕も知りたいと思った。

ゆきえさんが、ダムに沈むことがわかっていながら、季節を堪能した生き方を続けてこられた理由とは何か。その背景を知り、想像していくことで、僕は少しずつ徳山村の核心に近づいていくような気がした。

徳山村に通い始めて30年。多くの思いが枝を伸ばし、思いもしなかった出会いに導いてくれた。ようやくそのことに気がついた時、次を語る人が誰一人として残っていなかった。

そしてこの本を誰よりも心待ちにしていた廣瀬ゆきえさんにさえ、手渡すことがかなわなかった。二〇一三年八月一日、享年九三でゆきえさんはこの世を去った。

この記録は、徳山村の最後の生き証人である廣瀬ゆきえさんの長い長い足跡を探し、追いかけた記録である。

第Ⅰ部

日本一のダムができるまで

廣瀬ゆきえさんとの出会い

支流の西谷川《にしたにがわ》が門入《かどにゅう》地区を流れ、本流の揖斐川と合流するところは、村の中心部の本郷地区だ。門入は徳山村の最奥地の集落である。街からはとても遠く、公共の交通機関もない山村だ。

徳山村大字門入。昭和の末頃まで三四世帯、約百人が暮らしていたが、ダム建設によって危険区域となり移転を余儀なくされた。門入は、徳山村の八集落あるうちの唯一水没を免れた地域だったが、昭和六二（一九八七）年の廃村以降、徐々にこの集落の人々も近隣の街に引っ越して行った。

こんなに深い山に囲まれた地域で人の暮らしがずっと昔から営まれてきたことが、僕には不思議でならなかった。

僕はその最後の姿を、今、目にしているのだ。

ここでは携帯電話もメールも通じない。ラジオの電波だけが唯一届いた。聞こえてくるのは、川や風や虫や鳥くらいのもので、人工的な音は一切なかった。

初めて廣瀬ゆきえさんと出会ったのは、徳山村の取材を始め二年後の一九九三年のことだった。

ゆきえさんが七四歳、僕が二四歳。年の差はちょうど半世紀。僕が生まれた昭和四三（一九六八）年は、東大紛争、日大紛争などの学生たちによる全共闘運動、成田空港建設反対の三里塚におけるデモ、カネミ油症事件などの公害問題、三億円強盗事件、アメリカの脱走兵援助などのベトナム反戦運動団体であるベ平連（ベトナムに平和を！市民連合）が盛り上がり、川端康成のノーベル文学賞受賞など、今も重要な年として語られる。

僕は、今よりも人々の活気を感じるこの年に、カメラマンでいたかった。今の自分を思えば、きっとこれらの出来事への関心は尽きなかったと思う。当時のグラフ誌などを見ては、錚々たる先輩写真家たちの仕事に、ページからはみ出すようなエネルギッシュな勢いを感じていた。それに憧れ、僕はカメラマンになりたいと考えていた。

小学生のころだったか、徳山村が日本最大のダムになると聞き、「日本最大！」という田舎では滅多に聞かないキャッチフレーズに心が躍らされたことを記憶している。子ども心に故郷を自慢できる喜びを感じていた。

当時通っていた池田中学校の全校生徒が体育館に集まり、ダムに沈む徳山村を描いた映画『ふるさと』（一九八三年、神山征二郎監督）を鑑賞した。僕は感動したというより、徳山村の現実を始めて知って、大きく心が揺れ動いた。友だちに涙を見せることが特に恥ずかしい年ごろだったが、体操座りする足のくぼみに顔を埋め、僕は泣きじゃくった。村がダムに沈むということが一体どれほどのことなのか、ことの重大性を映画から学んだ。鑑賞後も徳山村の山々を眺め、ぼーっと考えごとをしていた。その想いを相変わらず今も引きずっているということだ。それだけ映画で生き方や考え方を変えられた。

僕は東京で写真を学びたいと一八歳で上京し、横浜の写真学校を卒業したのちに、写真家で映画監督の本橋成一氏の門を叩いた。その頃、本橋氏はチェルノブイリの取材を始めた頃で、原発事故以降、放射能汚染してしまったベラルーシの故郷に暮らし続ける家族を撮影していた。僕も何度かその撮影に同行し、廃墟となった村と放射能について考えるきっかけをたくさんもらった。その仕事に影響されてか、村を追いやられる徳山村民の姿と重なった。そして記録に残しておきたいと思うようになった。

暇をみては、東京から徳山村までオートバイで通う日々だった。その度に本橋さんが、モノクロフィルムを僕に持たせてくれた。片道五〇〇キロの道のりだったが、当時それが一番安く移動できた。何より僕は徳山村に行きたくてしょうがなかった。

徳山村は東谷《ひがしたに》と西谷に分かれていて、当時は本流の揖斐川が流れる東谷の集落に通うことが多かったが、西谷にも人がまだ暮らしているという情報を聞きつけ、初めて西谷最奥の地、門入《かどにゅう》という集落まで足を伸ばしてみた。

初めて会うのに「どこのボー（坊）じゃ、腹は減っとらんか。飯食っていけ！」が挨拶のようなもので、腹が減ってはいくさもできんといった勢いで、いつもお腹が空いていることを心配している人たちだった。まずは飯《メシ》で、会話はそのあとだ。山仕事をしている人たちは、空腹の恐怖を頭の片隅に入れているからなのだろうか。その飯が本当に美味しく、山や畑の収穫物ばかりが食卓を飾っていた。そんな愛想のいいジジババたちの中で、ゆきえさんは無愛想なおばあさんだなというのが最初の印象だった。

初めて走る道路は、目的地までが長く感じる。門入はまだかまだかとオートバイを走らせた。ようやく谷間の狭い道から空が見渡せる広い場所に着くと、そこが門入だった。村の中心から約一六キロほど離れている。

ほとんどの家は壊され、至る所でコンクリートの基礎だけがむき出しになっている。西谷川を跨ぐ橋の上で、二人のお婆さんが立ち話をしていた。オートバイに乗って現れた姿が珍しかったのだろう。しばらく僕のほうを遠くから見つめていた。

「はじめまして、大西と申します」と近づきながら挨拶をすると、一人のおばあさんが無愛想に「どこのボーじゃ！　こんな所に来たって何もないよ」と言って、家の中に入っていってしまった。

それが、初めて会う廣瀬ゆきえさんである。

ゆきえさんと一緒にいた廣瀬ハツヨさんは、僕に気を使ってか、話しかけてくれた。ゆきえさんと違って愛想がよく、話し好き。放っておいても会話はどんどん進んでいくばあさんだった。

「まあ、兄さん、わしのとこで休んで行け」とハツヨさんが誘ってくれ、隣に建っている掘っ立て小屋に招かれた。

二人が座ったら、部屋は満席。起きて半畳、寝て一畳の小さな小屋だった。

テレビ局のヘリコプターに乗せてもらい、上空から門入を見下ろした。橋のたもとに見えるのが廣瀬司さん、ゆきえさんの自宅だ（1998年5月1日）

「電気もガスも水道もここには何もないんじゃ。日があるうちに仕事をし、暮れれば寝るという生活やな。母屋はダムに契約してまったで壊してまった。しょうがないんじゃ。でも、ええ暮らしやろ！　こんな幸せを独り占めしてええんかなって思っとるよ」

ダムに沈む背景をかかえた村で、幸せに満ちた明るい話が聞けるなんて思ってもみなかった。当時、東京に暮らしていた僕は、都会生活の毎日が楽しく、朝も夜中も時間の制約がないような自由な暮らしをしていた。ところが、同じ自由でも、まったく違うスタイルで暮らしている人がいることに驚いた。

水は川から汲んでくるし、焚き付けをしないとご飯は食べられないし、日が沈んでくると真っ暗になるから寝るしかないし。エネルギーのいらない風まかせの暮らしでもこうして生きていけるんだということを知り、自分がエネルギーに支えられた暮らしをしていることに気付かされた。

「徳山村の写真を撮りたいと思って来たのですが、この集落に人が暮らしているとは知らずに、ちょっと驚いているんです」

「そうかそうか、まあ、茶でも飲め！　腹は減っとらんか」と、ここでも同じことを言われ、思わず笑ってしまった。

薪ストーブの上には、醤油で煮たコゴミがあった。とても美味しそうで、遠慮することなくいただいた。

「これはコゴミ、この時期にしか食べられん」

「こんなに食べちゃってもいいのですか」

「そんなもん、その辺になっとるで、今の時期ならいくらでもある。もっと食ってけ！」

アクがなく、柔らかい味でとても美味しく、東京では滅多に食べられないものだった。

「お風呂は？」

「外じゃ、そこに風呂桶があるら！」

たしかに風呂桶はあるが、屋根も脱衣場も何もなかった。

今でいう露天風呂のようなものだ。川から水を引き、薪をくべ温める。こんなお婆さんを見たことがなかったから、たくさん写真を撮った。

「もうすぐ日が暮れるで、先に入らせてもらうで。見たらあかんぞ！　は〜、えぇ気持ちや。こんなええとこ、独り占めしてええんかな。わしは、凧の糸が切れたようなもんや」

まさにその言葉通りだ。集落に活気があった頃を見てみたかったなと思った。

自給自足などカッコ良く聞こえる言葉も、都会で作られた造語なのではないかと思えた。自給で暮らすことは、ここでは当たり前のことなのだ。だからそんなハイカラな言葉は通じないし、そもそも必要もない。

「おぉ、東京から来たボーとは、あんたのことか。綺麗に花が咲いて、今日は陽気がええ。ハツヨのところにおらんと、わしんとこにも顔を出せ！」

その人が廣瀬ゆきえさんの夫で、司《つかさ》さんだった。鼻筋の通ったハンサムなおじいさんだった。

「あ〜あ、気持ちええなァ
わしは、凧の糸が切れたようなもんや」

「司！　あんたは、また昼間っから呑んどるのか。いつも陽気でようござんすな」

「花が綺麗やし、今日は暖かい。呑まずにはおれんのや」

「雨が降ろうが風が吹こうが、どんな時でも呑んどるやんか！」

こんな言葉が飛び交うご近所付合いだった。司さんは僕を自宅に案内してくれた。

「東京からよく来てくれた。でもこの出会いの次はないぞ！　今日がおしまいや！」

足がフラフラし、かなり酔っ払っている様子だった。

「あの石垣を見てちょうだい。あれはわしが三六歳の時に積んだ石垣じゃ。今でも壊れんとおる。一人で積んだ石じゃ」

自宅に上げてもらうと、部屋の真ん中に囲炉裏があったがそれはすでに使われておらず、その上に簡素な薪ストーブが設置してあった。

「まあ、一杯やってくれ！」

湯呑みを手渡され、二人で飲み始めた。いつも呑んだくれているというが、酔い癖は悪くなく楽しい酒だった。そこへお隣のハツヨさんが覗きにきて、「何や、あんたも飲んどるんか」と司さんとともに叱られた。

これが徳山村門入の人たちとの出会いだった。

こうして昼から司さんと呑んだなァ。
「なァ大西さん！　今日も桜が咲いとる」と、
二人でよく酔っ払っていた

ダムに沈む村という社会的な背景で徳山村をとらえていた僕は、少々力みすぎていたと思う。この現場を撮らなくてはいけない、ダムという環境破壊を社会にどのように訴えていけばいいのかと悩んでいた。

しかし僕は、誘われるがままに、その現場で昼間っから酔っ払っていた。どう説明していいかわからないが、この人たちが好きになれそうだし、もっともっとこの村を深く知りたくなった。徳山村の時間や空気感がとても居心地がよかった。

司さんもゆきえさんも、少し山に入っては、山菜を収穫してくる。ふきのとうはあまり食べた記憶がないが、コゴミから始まり、わらび、ぜんまい、とうきち菜、ミズ、ウド、そして六月に入って梅雨になるかならないかの時期に根曲り竹を採り、春の収穫祭が終わる。

自分たちが今食べる分と、冬から来年の春まで食いつないでいくための保存用の山菜も採っておく。塩漬けしたり、乾燥させたり……、山菜の種類によって、そのやり方を変えていた。畑仕事はその合間におこなう。

昨年取っておいた種を畑に撒く。種はずっと前から採取し続け、絶やすことなく今年も撒いた。撒くことで次の種を収穫することができる。そんな当たり前のくりかえしが、いまに繋がっていることを知った。

それは、先祖からこの地を守ってきたことと同じくりかえしだった。春が来ること、夏が来ること、秋が来ること、冬が来ること。それぞれの季節に大切な役割があって、そのうちの一つでも欠けてはいけない。そんな単純でわかりやすいことを淡々とのんびり続けていた。

夏が来た。

ハツヨさんが、慌てて司さんの家に入ってきた。

「マムシが出た！　司、なんとかして！」

「おう、マムシか」

いつもはゆっくりした動きだった司さんが、スーッと立ち上がり、スタスタと空《から》の一升瓶と木の棒を倉庫から持ってきた。なんだ、そんなに早く歩けるんだ！と笑ってしまった。大きめのマムシは、人を威嚇している感じがしたが、司さんはそれをいとも簡単に素手で捕まえた。

マムシの口を横からつまみ、「へ」の字に開いた口の上顎と下顎を持って、そのまま口を割き始めた。

「ひゃ〜痛い！」

思わず体全体に力が入った。解体処理にかかる時間はわずかなものだった。地獄絵図を見ているようだった。ハツヨさんも僕も眉間にしわがよった。そしてピンク色の肌身の合間から、大豆ぐらいの青い粒が出てきた。それを司さんはそのままヒョイっと口にした。

「あ〜、ナマで食べちゃった！」

「これは身体にええんや。マムシの胆《い》や。苦いで、そのまま飲み込むとええ。なんや食べてみたかったんか？」

「マムシは、ええタンパク源や。捨てるところは何一つないな」

ハツヨさんと僕は顔を見合わせ、互いに嫌そうな顔をしながら同時に横に首を振った。

「割いてまったで、あとは焼いて食ってまおう。本当なら、生きたまま一週間ほど水の中で泳がせ、老廃物を体から全部出したところで、度数が高めの焼酎を注ぐ。最初は暴れるが、そのうち弱って死んでまう。それを長い間熟成したら、エキスが出て、いいマムシ酒ができるんや」

「司さんは、マムシにかまれたことはないの？」

「昔、一回噛まれたことがあったが、なんともならんかったから医者にもかからんかった。昔はマムシがようけおったし、噛まれる人もようけおったな」

夏になるとタンパク源がマムシだったり、川魚だったりする。野生の肉は、脂ののった冬しか食べなかったという。僕は、自分の毎日の食卓から肉の旬など考えもしなかったことに気がつく。もちろん野菜もそうなのだが。

「山菜の時期が終わって、田んぼや畑が忙しくなる。そんな時は、みんなで田植えをしてな。ここが終わったらあそこの田んぼっていう感じで、みんなで協力しあって田植えをしたもんや。機械を誰も持っておらんかったしな」。九月に入ると、秋支度に入る。秋は山の実が豊富に実り、トチ（栃）のあく抜きの作業が多くなる。そのために木灰《もくばい》などがとても重要になってくる。

秋はまた春とは違う楽しみがあった。徳山村では、トチの実を取って餅と一緒についてトチ餅にする。どこの家庭でも作られていた。西谷川の対岸に大きなトチの木があるからと言い、司さんと出かけた。言われるほど大きな木ではなかったが、黄土色の実をたくさんつけていた。

トチの実のぶ厚い皮をむくと、栗に似た実が出てくる。
「熊より早く収穫できて良かった！」と二人で喜んだ

「春に真っ白な大きな花がたくさん咲いていたから、今年は実がなるなって思っとったんじゃ。熊に先に採られんでよかったわ」

木の下に落ちているトチを収穫し、背負っていた籠に実を入れた。外の皮は分厚く、二つに割れた中からは、艶のある栗のような可愛らしい実が出てきた。収穫するのはいいが、いっぱいになると籠はとても重く、山菜とは違った。

「まだここは場所がいいで採りやすい。山の急斜面や川の上を覆うようになっとる木もある。そういう場所での実も欲しいとは思うが、欲張りになっても仕方ないでな。食べられる分だけでええ。また次があるでな」。そう言って、自宅に戻った。

採りたてのトチの実は、すぐには処理しない。ゆっくりと陰干しをして乾燥させる。そうすることで来年でも使うことができる。ゆきえさんが皮を剥いているトチの実は、昨年採った実で、ぬるま湯で戻したものだった。

囲炉裏で司さんとゆきえさんが向かい合って、トチの実の殻を割っていた。二人は会話することなく、ラジオの音だけが響いていた。

一見、栗にも見えるが、もう少し丸みを帯びていて、ぎゅっとしぼめたような可愛いらしい形だ。乾燥したその実をぬるま湯でふやかし、一つ一つ金槌で回転させながら割っていく。このとき薪ストーブで暖められたお湯が大事で、水ではふやかすのに時間がかかるという。

美味しそうに見えたので、ふやけたトチを少しだけかじってみた。ゆきえさんが「どうじゃ、渋

乾燥したトチの実をぬるま湯でもどし、ふやかしたところで、
かなづちでたたきながら殻を割る。その中味だけをトチ餅に使う

いじゃろ」と苦笑いをした。噛んだ瞬間はいいのだが、しだいにえぐみが口の中に広がった。舌にまとわりつくような苦味で、渋柿の渋がいつまでも口の中に残る感じに似ていた。

「あ〜まずい」と眉間にしわを寄せ言うと、二人は大笑いをした。

「これを食べられるようにするんじゃ。このえぐみをとるのに、相当な時間がかかる。でもな、とても身体にええって昔の人から聞いとる。わしらも見よう見まねでやっとるだけで、なんでえぐいのが消えてなくなっていくのかはようわからん。昔っから教えられたことを真似をしとるだけなんじゃ」

きっとここでの暮らしは、理屈ではなく、そうした言い伝えで続けられてきたことが多いのだろう。大変そうだったので僕も手伝うことにした。同じ箇所を何度も叩いても潰れてしまうだけで、天津甘栗のようにコロンと形のいい実がとれない。回転させながら叩くことで、プスっと中の空気が抜けるようにして割れ、綺麗にコロンと取れるコツが分かった。力任せだけではなく、優しく何度も叩くことが大切だった。

割った殻は、薪ストーブの火の中に入れ、焼いて灰にする。

「アクの強いものの灰は、アク抜きにもいいんじゃ」とゆきえさんがつぶやいたが、その時はその意味がよくわからなかった。

「トチは、栄養がええで、妊婦によう食べさせた。これを食べると乳がよく出るって昔の人たちが言ってな。お正月に間に合うように作るんじゃ。土地を持つって昔っから言っとった縁起もんやった」

殻を取った実をネットに入れ、それを西谷川に運んだ。

「これからがアク抜きの作業や。川の水でさらして、そして木灰で作ったアクの中に入れて、アクを抜くんじゃ」

「木灰で作ったアクでアクを抜く？」

何を言っているのかよくわからなかったが、とりあえず、川に向かった。流れていかないように、石を積み、紐を近くの木に結びつけた。ゆきえさんが川の水にしばらく手をつけ、「ん〜、今年は一〇日くらいでええな」と言いながら、自宅に戻った。

「何が一〇日くらいなの？」

「川の水に浸けておく日数じゃ。水の冷たさとかにもよるでな。水温によっては、もう少し早いときもある。浸けすぎてもあかんし、少なすぎてもアクが抜けきらん。川で半分くらいのアクが抜ければいいかな。川の中だけでアクを抜きすぎてまうと、水中で腐り始める。アクがあることで実が腐らんとおるで」

なるほど、ゆきえさんが水に手をつけていたのは、水温を感覚で測っていたのだ。それによって、川に浸けておく期間を決めていたわけだ。水につけている一〇日の間に、今度は木灰で灰汁を作る作業に入る。口に残るエグミもアクといい、アクを抜く木灰もハイジル（灰汁）と書いてアクと読む。アクという言葉がいっぱいで、僕には理解できなかったのだ。

西谷川の源流域でトチの実のアク抜き作業に入る。「大水がでると流れてまうで、しっかりおさえとらなあかん！」

きっとゆきえさんも見よう見まねで覚えてきたことで、僕のように理屈は深くは考えていないだろう。

木灰は、薪ストーブから出た灰や野焼きした灰を集めておく。だからアクの強いトチの殻も焼いて灰にしていたのだ。灰は、針葉樹より広葉樹の灰がいいという。ナラであったり、クヌギであったり、ヤナギやケヤキであったりと木の種類は様々だったが、「まあ、なんでもええやろ。アクさえ抜ければ」とゆきえさんがあっけらかんという。ごもっともだが、きっとそこにはこだわりの話があるのだろう。

「木によって味も変わるっていうが、種類わけした木を集めてくるのは苦労やでな。今は周りに若い人がおらんで、なんとか年寄りだけでやっとる。木灰を集めるのは、薪ストーブが一番楽や。煮炊きした木を灰にして、それをまた使うんや」

生活の中の循環には、一つも無駄がなかった。木灰も大量にいるが、材料となる薪は、とても多い。徳山村の人たちが木灰をとても大切にしている理由が分かった気がした。ドラム缶の中に水と大量の木灰を入れ、コトコトと煮始めた。ドロドロとした木灰は灰色で、まるで泥が沸騰したようなものだった。

時々かき混ぜながら様子を見て、「そろそろかな」とゆきえさんが僕にそのアクを差し出した。

「ちょっと味見してみ」

僕は熱々の灰汁を指先につけ、口に運んだ。ちょっとぬるっとしている。舌の上にのせ、しばらく経った頃、「ビリビリビリ……。うわっ！」

「どうやった？」と僕の顔を覗き込む。

一瞬トロッとしたコクがある泥っぽいタンパクな味がしたかと思えば、その後、舌の神経が麻痺する感じがした。

「痺《しび》れとるか？　感覚がなくなって、味がわからんやろ。痺れとるくらいなら、もうそろそろ大丈夫やな」

麻酔をかけたように感覚が鈍くなった。とてもいい経験だったが、山に暮らす人たちの食べ物というのは、野性に溢れているというのか、力強さがあるというのか、ひと癖もふた癖もあるものばかりだった。でもそうした中で知恵と技術が生まれ、伝承され続けてきたのだろう。僕たちの今の食事は、アクがなく癖もない人工的なスマートさを感じる。

川から上げたトチを、最後には冷めた灰汁の中につけ込むのだという。そうすればあく抜きの作業はひとまず終わるというのだ。その状態で、お正月前まで保存しておける。

僕の理屈からいうと、トチの実は、自分の持っているアクがあることで腐らず自らを守ることができるが、川の水にさらされたことで、半分ほどのアクが流れ出てしまう。そこでアルカリ性の木灰に漬けることによって、人工的なアクに守られる状態を作るというイメージなのだろう。それは僕が何度か経験したことで勝手に思っているに過ぎないが、こういう技術を昔の人はどのようなきっかけで見つけ出したのか、とても不思議だ。

灰汁につけたトチの実。「この状態になればひと安心じゃ。正月前にひきあげ、餅と一緒に蒸せばトチ餅の完成や」

ゆきえさん自身も言葉にはしないがアク抜きはとても上手で、えぐいとか渋いとか、できの悪いトチ餅を一度も食べたことがない。でも毎年少しづつ味や色が違うのは、きっと木の灰の種類なのだろう。こうして時間をかけ、ようやくありつける食べ物の味には本当に感動する。

ところで、この味をどのように表現するかというのはいつも悩まされるのだが、当てはまりそうな日本語が見当たらないのだ。似た食べ物もない。木や灰や煙臭さであり、灰汁の味がトチに乗り移ったようなものだ。これを食べると、いつも徳山村のジジババたちを思い出す。

秋のこの時期、司さんが、日の昇る前から山に歩いて出かけて行った。収穫の秋は結構忙しいのだ。手には鍬と大きめの袋を持っていた。

「これから自然薯《じねんじょ》を掘ろうと思うで、大西さんもついて来い。もうツルに印はつけてあるで、どこに芋があるかはわかっとる。あとは掘るだけやで」

そう言いながら、まだ暗い山道を登って行った。この日はあいにくの雨模様。そして寒い日だ。カメラが濡れないか心配しながら、僕も後をついて行った。

「ここに自然薯がある」と司さんが指す先は、道なき雑木林で荒地のような場所だった。ツルがたくさん生い茂る中、一本のツルに紐が目印として結ばれていた。

「このツルの先に山芋があるはずや」

ツルを辿っていくと、大きな木にも絡みつき、縦横無尽に伸びている。このツルを見失わないように目で追っていくと、ようやく、地面から伸びているツルの根本にたどり着く。同化してしまい

一本のツルをたよりに、その周囲から掘りすすめる。
「宝がこの土の中にあるで、ツルを切ったらあかんぞ。見失ってまうでな」

そうな色だから、油断するとツルを見失ってしまう。

「イノシシが、鼻で穴を掘ってな。あっちもこっちにも大きな穴があるやろ。昔はイノシシなんてこの村にはおらんかったんじゃがな」

自然薯かミミズを掘った跡があっちにもこっちにもある。まるで工事現場のように、地面が掘り起こされていた。細いツルが地面に潜っている場所を中心に、広めに周りから掘り始めた。

「まずツルが土の中でどっちの方向に曲がっているか調べなあかん。ツルを切ってまったら宝探しは終わりや。もう探すことはできん」

土砂降りの中、ツルから五〇センチほど離れた場所を二人で掘り進んだ。

「大西さんのほうに曲がっとるな」

さらに掘っていくこと、三〇分。細かったツルが少しずつ太くなって行った。そしてようやく芋っぽい太さの塊にたどり着いた。

自然薯はとても折れやすい。もしかしたらすごく大きいかもしれないが、すごく小さいかもしれない。ツルの長さでだいたい想像できるというが、結局のところ掘ってみなくては何もわからない。

芋の周りにスコップを入れ、足で踏ん張って掘り起こした。

「あれ？　小さい」。こぶし大の自然薯がすぽっと抜けた。

「ハハハハ……」

「思ったより小さかったな。すりおろしたら茶碗一杯もないわ」

「今日も山に行ってくるでなァ」
今では二人きりになってしまったが、少し前までこの集落にもたくさんの人が暮らしていた

労力の割に収穫は小さかった。

「まあ、そんなもんや。これでもありがたいと思わなあかん。今日は雨が降って寒いで、これくらいにしよう。でもな、まだまだ仕事はあるんやで。あのツルもこのツルも土の下には山芋があるで」

周囲の何本かツルの先に色のついた紐がかけられていた。ここは司さんが見つけた自然薯畑だったのだ。何も知らない人が通り過ぎれば、ただの荒地に過ぎないが、こうして山を知っている人が歩くと、常に宝探しのように見るものが違ってくる。びしょ濡れになりながら山を下り、少し高い場所から門入の自宅が見えた。

家の煙突から煙が出ていた。ゆきえさんが薪ストーブに火をくべて部屋を暖め待っていてくれているのだろう。そのありがたさ、そしてこのゆったりした雰囲気がたまらなく好きだった。

「今帰ったぞ！」

「小さいな。これで今日の司の仕事はおしまいじゃな」。ゆきえさんが笑った。

薪ストーブの上になめこ汁が沸いていた。そして採ってきたばかりの山芋をすりおろし、汁の上にボトッと落とした。

なんて贅沢なんだろう。都会ではどれだけお金を払っても得られない味と時間だ。じっと薪の火を見つめながら、とろみがついた天然のなめこ汁をすすった。こうして徳山村のジジババと一緒にいることが延々と続けばいいなと思っていた。

僕にとって初めて知ることばかりで、他では得ることができない貴重な時間だった。僕は何度も何度も通っているうちに、この村をダムに沈めたくないという気持ちが、より強まっていった。

二〇〇四年の夏――。司さんの様子がいつもと違っていた。酒を呑んで酔っ払っているならいいが、奥の座敷で昼間っから寝ている。

「爺はな、急に歩けんようになってな。このところずっと寝たきりや。もう年をとってまったしな」

ゆきえさんが寝たきりの司さんの口にご飯を運びながらつぶやいた。

「わしは、なんだか損をした人生やったかもしれんな。おばあさんの介護、そして叔父の介護、そして今は司の介護や。わしの最後は誰が看取ってくれるんやろうな。そう思うと、自由に生き続けた司は儲けもんの人生やと思う。最後まで徳山で暮らしとるしなあ。

ここはこれからダムになるっていうし、土地のことも新しい家のことも面倒を見て行かなあかんしな。司はええとこ取りの人生やと思うわ」

司さんは寝たきりで、話す言葉もうつろな状態だった。この前まで元気だったのに、急激な変化には驚いた。でも飯だけはしっかりと食べていた。

「イノシシの肉が食いたいって言うから、口に入れてやったらそれをよく食うんじゃ」とゆきえさんも呆れた顔で笑った。

反応は鈍くなっているが、「司さん、また酒呑もうか?」と言うと、かすれた声で、「ああ、ええな」と少し笑顔になる。手を握ったら、少しだけ握り返してきた。この状態で医療もない、福祉サービスもいない、ましてや人もいない村に暮らすという夫婦の選択は、僕が思っている以上に強い意思

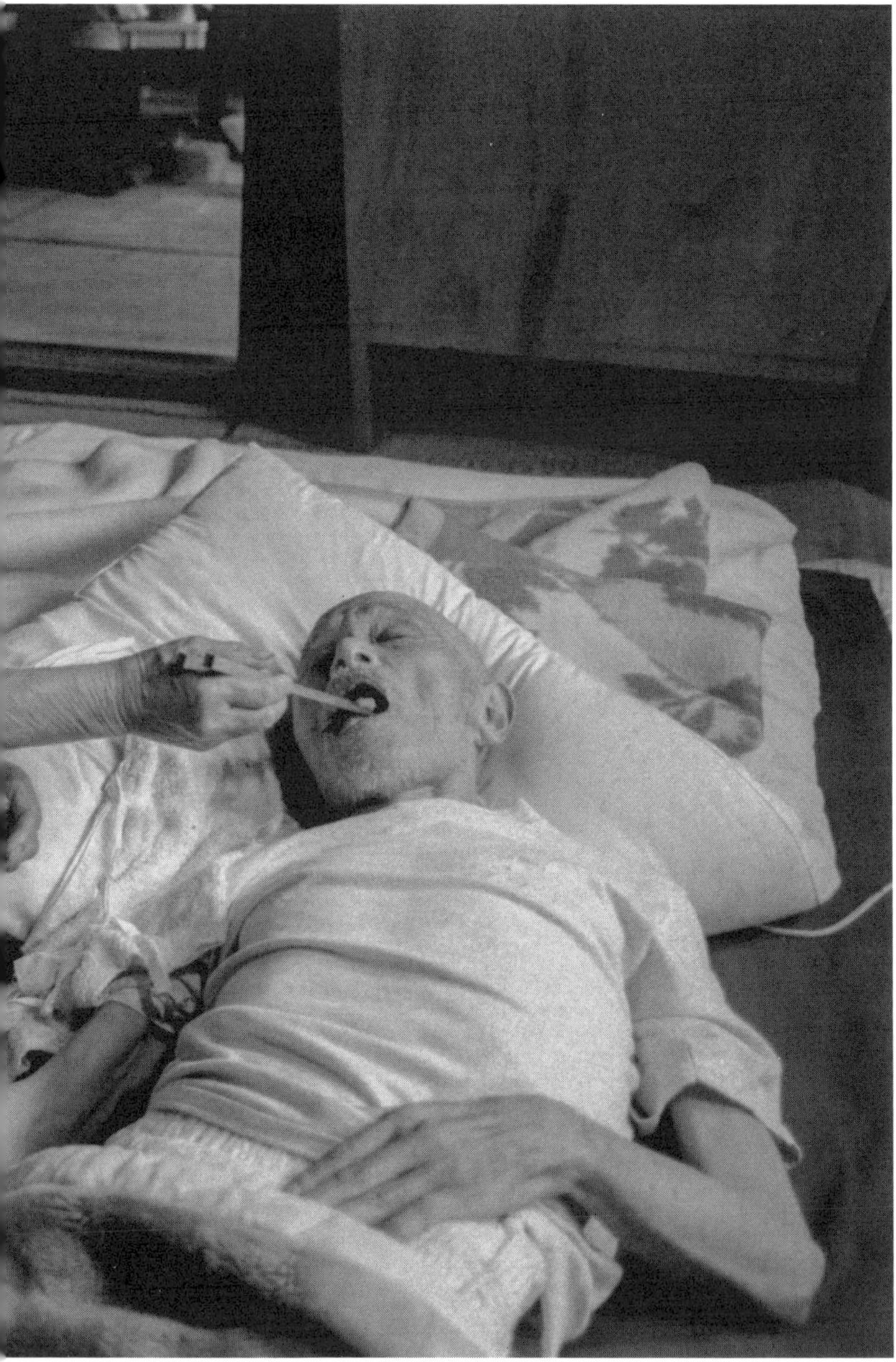

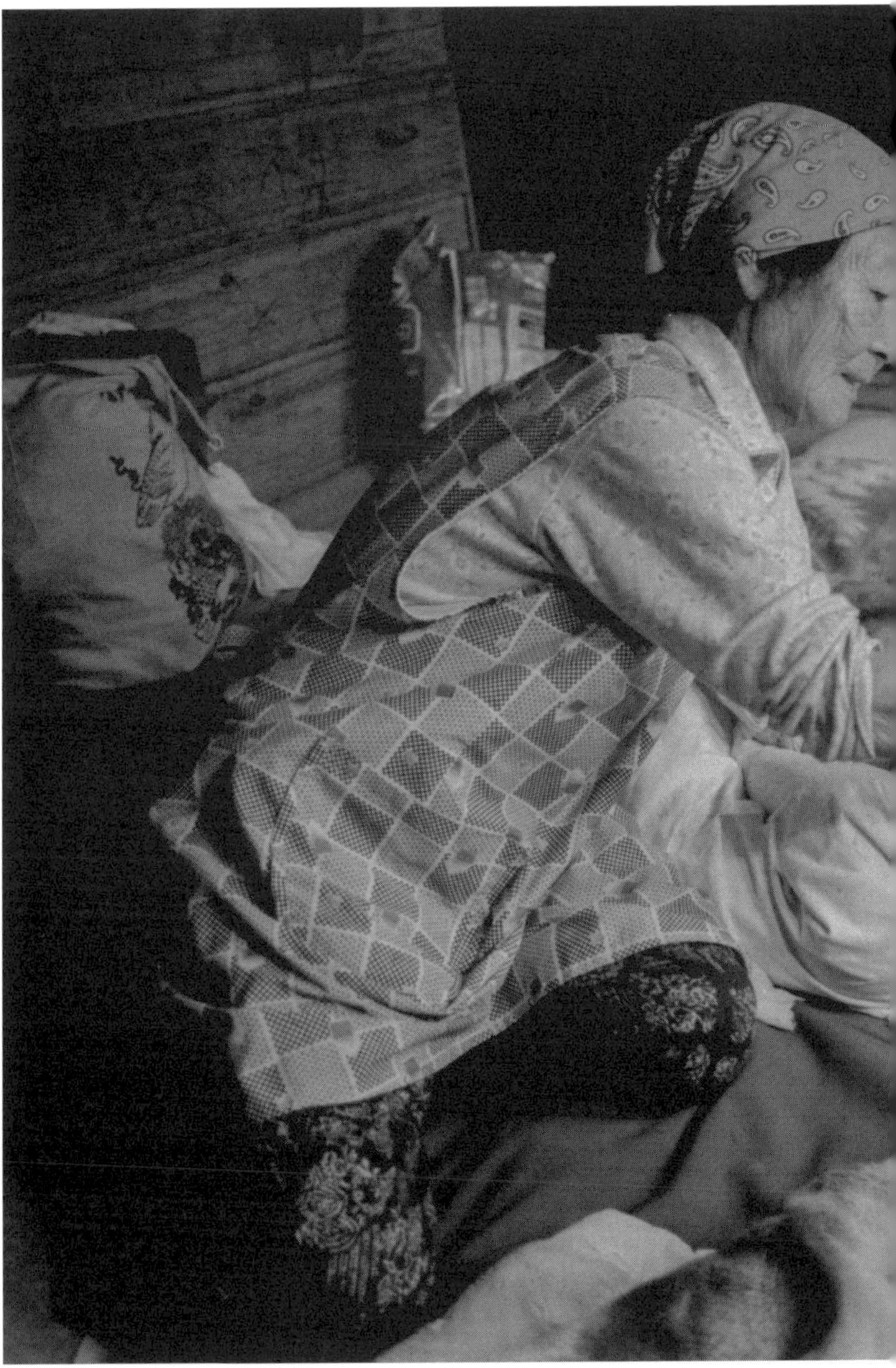

誰もいない徳山村から出ようとしなかった司さん。その面倒をみるゆきえさん。
こんな状態でも、しし肉をしっかり食べた。
「先に行っとるでな」。後に残される者へのやさしい声かけだったが必要だと感じた。しかしそれは、ちょっと前の徳山村の人たちの生き方だったのかもしれない。

「大西さん、あの世に先に行っとるでな」

返す言葉に詰まったが、司さんの先はそれほど長くないかもしれないと感じた。それくらい衰弱しているように見えたのだ。ゆきえさんは枕元に腰をかけ、また食事を口元まで運んでいた。

振り返ると、あれもこれもあの時が最後だったのかもなと、司さんとの思い出を振り返った。

二カ月後の二〇〇四年一〇月三〇日、司さんは永遠の眠りについた。亡くなると無性に寂しく、たくさん話すことができなかったと後悔した。最後の最後まで医療のない徳山村で静かにあの世に旅立った。夫婦に焦る姿はなかった。静かに待っているようでもあった。天井を見ながら、布団の中でどんなことを考えていたのだろうか——。

司さんは、ダム建設を受け入れていなかった。国のやり方に対して、温厚なあの司さんでも、一度だけ声を震わせる場面を見たことがある。それは大垣市の裁判所でのことだった。原告は水資源開発公団の徳山ダム建設事務所（現在・水機構）で、司さん夫婦が訴えられたもので、早く門入の建物を契約通り取り壊し、村から出て行け！という訴えだった。小屋を建てた時期などが契約以前のものなのか細かく追求され、それが早かった、遅かったなどの議論で証拠写真などを突きつけられ、結局、司さん夫婦が敗訴した。

司さんが証人として立ったとき、何年の何月など細かい質問に答えられない度に、呆れた表情を見せ、うすら笑いする原告側の態度に僕は怒りを覚えた。裁判ではどうしてもそういう問答になってしまうのだとしても、司さんやゆきえさんは、生涯、責任を持ってこの自分たちの土地を守りぬいてきた人で、細かい年月など記憶しているわけではない。二人は逃げられない立場であり、いっときの仕事で関わった役人とは責任感がまるで違う。原告からの愛情はひとしずくも感じられなかった。

「いつ建てたなんて、どうでもええ話やないか！　ここはわしの土地なんや、ダムになっても門入は沈まない。だったらなぜ今壊さなあかんのや！　何をそんなに急いでおるんや！」と、司さんは声を震わせた。

怒りの言葉は、それが最初で最後だった。いくら賢くても、エリートでも、わしらの気持ちなんて、理解できへんやろ！と言わんばかりだった。

これから先、この村はダム一色に変わる。それを見届けられなかったことは、司さんにとって幸いなことだったかもしれない。

本巣《もとす》市の集団移転地に建てた自宅で、葬式が行われた。ゆきえさんは、ずっと下を向いたまま顔を上げることはほとんどなかった。大きな立派な祭壇に、凛々しい司さんの遺影。「先に行っとるでな」という言葉の軽さが、後に残された者を楽にしてくれた。

「行ってらっしゃい、司さん！」

そして出棺の日、ゆきえさんが腰をかがめ、静かに眠る司さんの棺を覗き込み、手を合わせた。

その日、雨はやむことがなかった。

僕には、司さんのひつぎがとても小さく見えた

僕は涙が止まらなかった。
もっと話をすべきだった。亡くなってから後悔することがたくさんある

徳山村、最後の住人の最後の日

司さんが亡くなってから、家の片付けなどが忙しくなり、ゆきえさんの暮らしの中の時間は、それまでとは変わってきた。秋のこの時期、トチ餅など作っている時間などはなかった。今から思えば、あの時、ゆきえさんは徳山村から出る覚悟を決めていたのだろう。

司さんが亡くなった翌年の四月。これから山菜採りが一番忙しくなる収穫時期を前に、ゆきえさんは、集団移転地の自宅から一人で徳山村に戻ってきた。しかしいつもの春ではなかった。徳山では五月の連休が山菜の収穫期。しかし山には行かず自宅の掃除をしていた。

「あのな、家を壊すことになったんや。もう徳山から出て行くわ！　司もおらんし、ひとりやで。歳もとったでな。そしていよいよダムが来年には完成するらしいし、ここは危険区域になっとるで水を溜め始めたら、道も沈んでまうしな。それまでに出て行かなあかん」

「そう……。壊すのはいつ？」

「五月一一日に解体業者さんが来てくれるって言っとった」

五月一一日。晴れ。

覚悟はしていたが、いよいよこの日が来てしまった。徳山村の取材に来るようになって一四年が経ち、この日のことはなるべく考えずにいたが、ダムという目に見える現実が押し寄せて来た。息子の博さんも手伝いに来ていた。畳をあげ、床板も剥いだ。襖もすべて外すと本当に広々した家だった。

ゆきえさんは、引き出しの中に入っていた年賀状などを整理していた。

「岐阜県揖斐郡徳山村門入　廣瀬司様　ゆきえ様　新年あけましておめでとうございます」

一枚一枚を確認しながら、手紙を火の中に放った。

ゆきえさんは、準備してきた日本酒で一部屋一部屋を清めた。

そして重機のエンジンがかかり、動き始めた。すべてをつぶすのではなく、丁寧に材木を外す作業も同時に行われた。ゆきえさんは、自宅を見つめるわけでもなく、淡々と今やらなくてはならないことを優先的に始めた。

僕にとっても、ゆきえさんにとっても、これが最後の徳山村になりそうだ。

壁の板が外され、柱だけの家になった。今日はこれで作業はおしまい。ゆきえさんは博さんが運転する車に乗って山を降り、それ以後の解体は業者さんたちに託した。

この日を境に、村道を通じて、門入へは車では行けなくなった。

ひと部屋、ひと部屋を、日本酒で清めた

どんな気持ちで部屋を見渡していたのだろう。
築100年以上の家だった。災害にも耐えてきた門入最後の家だ

2005年5月11日の午前。重機のエンジンがうなり、
まず、漬物小屋の解体から始まった。
ゆきえさんは、多くを語ることはなかった

55　徳山村、最後の住人の最後の日

徳山ダム試験湛水

廣瀬家の自宅が解体されてから一年四カ月後の二〇〇六年九月二五日の早朝。揖斐川を堰き止めるゲートが降ろされる。世間では今日が徳山ダムの記念日になるであろう。僕は前日の夜まで長野市にいて、夜通しかけて単車で徳山村に向かった。まだ薄暗い時間に村に到着したが、すでに大勢のマスコミや工事関係者が見晴らしのいい場所を陣取っていた。たくさんのテレビカメラが、揖斐川を堰き止めるためのゲートにピントを合わせていた。そのタイミングを逃さないようにマスコミたちも緊張し待っている様子だ。

多くの人が見守る。地面からジリリリ……ジリリリ……チュンチュンチュンと虫たちの小さな鳴き声が聞こえてきた。いつもと変わらぬ徳山村の虫の声だ。これから水が張られていくと、彼らも住みかを失ってしまう。

しかしその鳴き方はとてもか細いもので、意識しないと周りの騒音にかき消されてしまう。気にする人など誰一人としていないだろう。腕組みをし仰け反りかえるような傲慢な表情で、工事関係者がマスコミのインタビューに応えていた。

2006年9月25日。
マスコミ各社が、川の水をせき止めるタイミングを待っていた

この時間がとても苦痛だった。祭りごとのような賑やかさは、村民の気持ちと相反するような気がして、早く終わってくれないかと思っていた。

僕たちの立っているこの場も、数日後に沈む場所である。村の清流だった揖斐川の水が、自らこの大地を飲み込もうとしている。美しき水は人の都合によってその存在価値や意味を変えられる。そんなことも知らずに虫たちは、ジリリリと鳴き続けていた。いつもなら虫の鳴き声で足を止めることはなかったが、今日だけは見るもの聞くもの臭うもの、すべてが愛おしく感じる。この雰囲気だけで熱いものがこみ上げてきた。

「早くここから逃げたほうがいい！　まもなくここは水に沈んでしまうぞ！」

心の中で虫たちにそんな言葉を発しながら、じっと足元を見つめていた。でも、そんなことはおかまいなしに、またジリリリ……と鳴き始めた。僕がこの村に通い始めて、一五年が経過していた。ただ記録してきただけで、ダム計画を止めることはできなかったし、なんの抵抗にもならなかった。そのことへの思いが脳裏を巡った。ごめんなさいと僕は周りの山々に頭を下げ両手を合わせた。結果的に何もできなかった自分が悔しかったのだ。

バタバタバタバタ……とヘリコプターが上空をホバリングし始めた。テレビ局のヘリコプターだ。いよいよ川を仕切るぶ厚い鉄板が水面におろされる時間が迫っていることが、周りの緊張感から伝わってきた。

朝7時だった。

「今、ゲートがおろされました」

何十台ものテレビカメラが並ぶ前で、各局のレポーターたちがカメラの前に立ち、現場の状況を一斉に伝え始めた。そして新聞社のカメラマンたちが一斉にシャッターを切り始めた。締め切りのゲートは、ずっと先にあったので、僕はその瞬間を見届けることはできなかった。

僕はこのシャッターチャンスに、ダムに向け一枚も写真を撮ることはなかった。その代わり一点を見つめるマスコミや工事関係者を撮っていた。

水の需要が見込まれないこのダムに、誰がこの完成を心待ちにしていたのかと、ここにいるみんなに問いただしたかった。行き場をなくした川の水は、少しづつ貯まり始めていた。この賑やかさも、午後にはピタッと終わった。余韻などもなくあっけないものだ。

そして現場から人がいなくなり、揖斐川の水だけが静かに水位を増していった。僕はしばらくの間、川の様子を眺めていた。その後、集団移転地に暮らすゆきえさんの自宅に向かった。

「やれ、大西さんか、よう来た」

いつもと変わらぬやりとりだった。でも先ほどまでニュースを見ていたのだろうと思った。節約上手な人が、珍しくテレビがつけっぱなしで、台所に立っていたからだ。

「今日、揖斐川がせき止められたよ」

「そうか、大西さんは、村に行っておったのか?」

「今夜は、ここで飯を食っていけ」

徳山村から引っ越して以来、自分から村の姿を見たいとは一度も言ったことはなかった。淡々と夕飯の準備を始めようとするゆきえさんだった。

「なあ、大西さんよ、今夜飯を食ってけ！　ええやろ！」

いつもと違う様子だった。静かな感じでもあったが、どことなく元気がないような気がした。徳山村から出た人たちは、集団移転地や個人移転など、一カ所ではなく岐阜市郊外や本巣市や揖斐郡に分かれて暮らす。徳山村から五〇キロから七〇キロほど離れた場所だ。ゆきえさんは、本巣市文殊にある集団移転地に家を構えていた。

昭和の末期が、移転地への引越しのピークだった。移転先で生まれた子どもたちは、すでに結婚し、子どもがいる世帯が多くなっている。世代交代した人たちにとっては、祖父母の生まれた村であって、ダムに翻弄された時代など知らない世代が増えつつある。村への意識は当然ながら変わっていくばかりだ。

集団移転地では、歩いている人の姿を見ることは少なく、玄関から人が出たかと思えば、ガレージに駐車している車に乗り込み出掛ける。どこにでもあるごく普通の住宅街の光景だ。平日の昼間に家にいる者は、幼い子どもか、その面倒を見ているじいさんか、ばあさんだけだ。

そんな静かな集団移転地の一つが文殊団地。車さえ運転できれば、この移転地の立地条件もそう悪いところではない。

僕は何度も何度もこの住宅街に足を運んできた。新しかった家々も、二〇年も経つとそれなりに年季が入ってきた。その集団移転地の真ん中に、ゆきえさんの家が建っている。年齢の割に物事をはっきりと語れる記憶力のいい人だが、最近は少し足腰にガタがきはじめた。

「徳山はもう終わったな。今日で何もかもおしまいや」

こうしている間も、堰き止められた揖斐川の水はたまり続けている。

「やっぱり徳山の家はええな。ここは何年経っても旅館に泊まっとるような気がしてならんのや」と呟いた。居間には、司さんの遺影とともに徳山村の写真が掲げてあった。ゆきえさんも八五歳になっていた。

「ようやく終わったね」

「そうやな、ワサワサした人生やったな。やっと落ち着いた感じや」

いつも外が見える場所に腰をおろし、僕のように訪ねてくる人は、玄関からではなく、居間のガラス戸を開け、中に入ってくる。庭にも少しばかりの畑はあるが、昔ほど作物の種類は多くない。

「年寄りは、こういう街に暮らしとると、仕事がなくなるな。徳山の家に暮らしとると、何かしら動いとらんとあかん。やることが無数にあるんや。でもなぜかこういう家に暮らすと、テレビを見て座り込んでまう。徳山は何もないが、テレビを見とる暇もない。不思議なもんじゃな」と笑った。

その頃、徳山では水かさが増し、試験湛水から三カ月も過ぎると本郷地区の国道が沈み始めていた。村の名残は小学校の校舎と揖斐川に架かる橋だけだった。それ以外は、ただの工事現場に変わっていた。徳山小学校はまだかろうじて見えていたが、それが沈んでしまったら、名残が消える。

僕はこの頃、水位が上がっていく様子を確認したくて、暇さえあれば徳山村に足を運んでいた。すでに昔の道は通行止めになり、付け替え道路で山の中腹を真っ直ぐな道が伸びていた。以前は山を見上げながら走ってきたが、今では下を覗き込むようにして走る。違った徳山村に見えるのだ。

「徳山村へ行こうか?」

なんとなくゆきえさんを誘ってみた。

「連れて行ってくれるのか。そりゃ、嬉しいな。わしは、あれから行ったことがないでな」

徳山小学校まで下っていくと、徳山村銀座通りがあった国道四一七号線が沈み始めていた。道路の先は水没している。怖い風景だった。村の主要道路で僕が今まで通ってきた道だ。本当にこの大地とお別れをしなくてはならない。無性に愛おしくなった。

動きのない水面に近づき、じっとアスファルトに這いつくばりながら目をこらすと、アスファルトのゴツゴツした間に、水がしみこんでいく。明らかに水かさが増しているのがわかった。大きな風景の中では見えないことなのだが、寝そべって凝視するとよくわかった。そして行き来する小さな生き物たちにとって、生活圏が水没してゆく大変な事態が起こっていた。

行ったり来たり、四方八方を水に塞がれている。草木に登ったが、水が地面を這って降りられなくなった虫もいた。

その光景が、僕には人間社会の縮図に見えたのだ。清らかだった水が人の欲で変貌し、ダムでせき止められた水は行き場を失い、アスファルトのくぼみに隙間なく入り込んでくる。逃げ惑う虫たちが、人間そのものに見えたのだ。人の欲というのは本当に終わりがない。一歩踏みとどまることが、なぜできなかったのか。

僕はゆきえさんを連れ、昔馴染みの国道に降り立った。皮肉にも水面に映る緑が美しかった。ゆきえさんはほとんど言葉を発することなく、道路を踏みしめていた。

ここに連れてくることが良かったのか分からないが、「まあ、帰ろ！」とゆきえさんが呟いた。試験湛水を橋の上から見ようという見物客が路上に車を停止させ、湖面になりつつある大地の写真を撮っている。

僕たちは、その合間を縫うように車を本巣市の自宅に走らせた。もうすべてが終わりかけようとしていた。

徳山ダムは水位を増し、計画通り七集落を飲み込んでいった。下開田《しもかいでん》、上開田、本郷、山手、櫨《はぜ》原《はら》、塚、戸入《とにゅう》。そして水没を免れたが、危険区域に指定された門入の八集落。

村の人にとって、慣れ親しんだ土地を離れることは、簡単に受け入れられるような話ではないと思う。友人との別れ、離散もあり、食べるものも変わってしまうだろう。時間のサイクルも変わり、暮らし方そのものがすべて変わる。それは我慢を強いられることであり、新しい暮らしは、次世代が築き上げていくしかないのだろうと思う。強制移転をするということは、そのすべてを受け入れるしかないということだ。

下開田地区の国道 417 号線。
川から水があふれ、道路を覆いつくし始めた

静かな移転地

揖斐川が堰き止められてから一年が経った二〇〇七年、街の雑音も届かない深い山の中に、巨大なダム湖が完成した。長野県の諏訪湖とほぼ同じ面積を持つ徳山ダムは、満水になるまでに、とても時間がかかった。今日は白波がたって、水面から吹き上げる強い風が音を立てていた。トビがヒュルルルと言いながら僕の頭上を旋回し、そのまま西へ西へと風に乗って姿を消していった。まだ見慣れぬこの風景に僕は違和感を感じながらも、輝く湖が皮肉にも美しく見えた。これからここに雪が降り、春が来るまでの約四カ月間、訪れる人はいなくなる。

夕方になると、あたりが真っ赤に染まり、山の稜線が水面に映し出される。しかし、僕はもっと美しかった頃の風景を知っている。この溜まった水が勢いよく流れ、風が心地よく、木々や土のにおいがしていた。虫たちがうるさいほど、自分の存在を主張していた。風景に生気が漲っていた。そのすべてが愛おしく、ふとしたきっかけで昔の光景を思い出す。ところが今は、そのわさわさしていた自然の動きが、ピタッと淀むように止まった感じがする。生き生きとした活気が感じられないのだ。

本当ならば、この水は貯まっているものではなく、常に流れているものだ。一つの大きな時代の流れが終わったかのような奇妙な静けさだった。当時の人の表情が、ノスタルジックに脳裏に映し出される。

こうしてダムができるんだなと実感する。徳山ダムが完成して、ダム湖が一望できる高台に徳山会館という村やダムを紹介した資料館も完成した。たまにその場所からダム湖を眺める。あんなこともあった、こんなこともあったなどと、過去を振り返れば、楽しい記憶しか残っていない。それがいつまでも続いて欲しかったと思うばかりだ。

一台の観光バスが到着した。たくさんのお年寄りがカメラを片手に、僕の立ってる展望台にやってきた。こうして一時の観光地として変化し、水源地ともなり、徳山村という大地は違う意味を持つようになっていった。

「ようこんな大きなダムができたもんや。日本一の大きさらしいな。昔、あまごを釣りに来たことがあるわ。にぎやかな商店街もあったんや！」

村を少し知るお年寄りが奥を指差しながら、ほかの人にそう説明していた。

「兄さん！　悪いがわしらの記念写真をダム湖を背にして撮ってくれんか」

ファインダーをのぞき、お年寄りたちの集合写真を撮ってあげた。こうして僕はファインダー越しに、村民や村の姿を二三歳の頃から、写真に収め続けてきた。いきいきと写真が撮れていたし、いつまでもこの楽しい時間が続けばいいと思っていた。この村がいつも近くに存在し、ここに来ることは、僕の暮らしのリズムに組み込まれていたのだ。もう僕にしかできない仕事だと思っていた。

ここに暮らしている人と話をしている時はいつも気分が良かったし心が踊った。なによりお年寄りたちの生き方が、若い僕には刺激的だったのだ。彼らが大切にしていたことは、春夏秋冬を満喫した、季節に応じた当たり前の暮らしだった。あれは塩漬けにしておいて、それはよく揉んで灰汁を抜いてから乾燥にしておいて、後で水で戻せばいい……など、食材も力強く見えたし、それを食べる人間もエネルギッシュな力が漲っていた。文明の品々に囲まれた暮らしに慣れている自分の無知さと無能さが恥ずかしかった。身にまとっていたウロコがボロボロと剥がれ落ちていくようだった。知ることすべてが新しく、新鮮だった。

「兄ちゃんは、何も知らんのやな！」と口癖のように言われたが、逆にそれが可愛がられていたのだと思う。知らなかったことで、僕も素直に受け入れられ、それが飽きることなく感動することが多かった。こんな暮らしができるのも、「山に神様がおるからじゃ」と恩恵に対し必ず感謝の気持ちをあらわにし、手を合わすことだけは忘れないお年寄りたちの心が常にあったからだ。

僕は徳山村での暮らしに面白さを感じ、次は何が出てくるのだろう、この食べ物って何だろうと、最初の頃には想像もしなかったものにカメラを向けることが多かった。どぶろくはあるわ、山菜はあるわ、漬物はあるわ……、僕が知らない楽しい豊かさがあった。

「ぜんまい」とか「みず」、「とうきちろう」、「ばい」、「いがいご」、「せんのう」、「トチもち」など、方言でわからないものも多いが、街に暮らす僕たちの食卓にはまず並ばないものばかりだった。時に熊肉と大根の煮物や、マムシの燻製まで出てきた。街でいうワイルドな食卓の毎日だった。しかもすべてが美味しく、シンプルな味がした。

ここに暮らすお年寄りと僕の年の差は五〇年ほどだが、人間が食べてきたものが世代によって変化していることに気がつかされた。村の生活が見えてくるほどこの暮らしが切なく、ダムで沈んでいく運命を重く感じた。

村民の気持ちは、悲しいなどという言葉だけでは、とうてい収まりきれない。

いずれは沈んでしまう期限付きの撮影なのは覚悟していたが、僕もあまり考えたくなかったので、あえて言葉に出すことはしなかった。もしかしたら国の情勢が変わり、ダム工事が止まってくれるかもしれない、考え直してくれる役人が現れるかもしれない。シャッターを切りながら、そんな期待を待ち続けたものだ。しかし、その思いはことごとく潰されていった。

長い間、村民が守ってきた徳山村の大地が、こうして犠牲になった。僕たちの時代は、この判断を良しとしたわけだ。先祖にも面と向かって言い訳できるだろうか。その議論に最善をし尽くしたと言えるだろうか。一〇〇年は継続できるとどこのダムも言われるが、その一〇〇年は歴史上の点でしかなく、決して長くはない。それよりも、一度壊してしまった村は、二度と戻ってこない。そしてそのダムを一度作ってしまったら、その処理や維持を次世代に委ねざるを得ないのだ。このことは、僕たちに課せられた、後世に伝えなくてはならない大仕事なのだ。

ゆきえさんは、移転地の暮らしを満喫しているようには思えなかった。スーパーは年寄りの歩く速度で一五分以上はかかるところにあり、負担になっていた。いつの間にか、食材などを買い求める受け身の生き方に変わっていることに僕は気がついた。

街は便利だと教えられてきたことが、ゆきえさんたちにとってはそうではなかった。買い物に出かけるという暮らし方が、そもそも我慢しなくてはならいことの一つだった。暮らしを変えるということは想像以上に大きな変化をもたらしていると感じるようになった。退屈な時、「遊びにこい！」と時々電話がかかってくるほど、僕を慕ってくれた。そして顔を出すと「やれ、うれしやな〜。今日は大西さんが来てくれた」と、いつもそう言って迎えてくれるから、僕もその言葉を聞くのは嬉しく気持ちがよかった。玄関からではなく、居間のサッシを開けて家の中に入る。

司さんが二〇〇四年一〇月三〇日に亡くなって以来、ゆきえさんはほぼ一人で暮らしている。息子は三人いるが、一番近くに暮らしている次男の博さんがときどき面倒を見に来るぐらいだ。

そんなゆきえさんがある日、こんなことを言った。

「ここに家を建てて、やがて二〇年になる。正直に言うと、もう金がないんじゃ。ダムができた頃は、一時、補償金という大金が入ってきて喜んだこともあった。でも今はそうじゃない。気付いたころには、先祖の積み上げてきたものをすっかりごとわしらは、一代で食いつぶしてまったという気持ちになってな。徳山村の価値は現金化され、後世に残せんようになったんや。二〇年経って、実感を持つようになったんじゃ。金を使えば使うほど、村を切り売りしていくような痛い気持ちや。

補償金で暮らしが豊かになり、いい車にも乗れて、大きな家も建てて、いいことばかりを、ダムの偉い人らに何年もかけて教えられてきたんじゃ。『おばあちゃん、ここに一つハンコをついてくれたらいいで』。村中がそんな雰囲気に押しつぶされていったんじゃ。体験した者じゃないとわからんが、耐えられんぞ。結局、税金などを長い時間をかけて支払っていたら、補償金は国に返したようなもんや。気づけば、わしらの先祖の財産は手元にすっかりことなくなっとるんやからな。

そして村までなくなり、バラバラになってまった。みんな一時の喜びはあっても、長い目で見たらわずかなもんやった。現金化したら、何もかもおしまいやな」

最後まで村に残り続けたゆきえさんだったが、補償金をもらった自分を責めているように見えた。「ダム御殿」とか「税金で建った家」とか、世間では卑劣な言葉がささやかれるときがある。大きな家が、派手で豪華に見えるからだろう。集団移転は、いくつかの代を重ねないと、その街に馴染むのは難しい。時間がかかるのだ。それは僕が徳山村以外のダムの取材をしていても感じてきたことだった。その御殿と呼ばれたゆきえさんの家も、いつも部屋が暗い。徳山村と変わらない暗さだった。煌々《こうこう》と明るい家は、この世代の暮らし方ではない。外見は立派であったとしても、玄関の中に入れば、そこは変わらない徳山村だった。御殿の暮らしとは、程遠い印象なのだ。

それにしても、一五〇〇人が暮らしてきた村で、なぜ最後の一人になるまでゆきえさんは暮らし続けたのだろうか。門入は当然ながら夜はあかりなどなく、話し相手など一人もいない。何を思い、一人闇の中で考え続けていたのだろうか。

「でもな、徳山は住めば都や。人は何もないって言うかもしれんが、わしにはそうは見えん」

ゆきえさんと僕が重なる時期だけを切り取れば、徳山村はダムに翻弄されたことが背景に目立つが、それだけではなかったはずだ。ゆきえさんにとっての徳山村とは、一体どんなところだったのだろうか。一人になってまでも、徳山村に暮らし続けたゆきえさんの気持ちを少しでも知りたいと思うようになった。ゆきえさんは、大正生まれの長老だ。その頃の徳山村の話を聞くだけでも貴重だ。その長い人生の歩みが、ダム建設への思いに繋がってくるのではないだろうか。

そう考えるようになってから、ゆきえさんと会う回数がまた増えていった。ゆきえさんにも、僕に何かを伝えようとしている強さのようなものを感じた。きっとダムの村ではない徳山村を誰かに語りたいはずだ。九〇年という年齢を重ねてきたゆきえさんが生きてきた時代背景や、その時代の日常会話。今聞いておかないといけないと感じさせる年齢になってきた。

ゆきえさんの座る場所はいつも決まっている。テレビが観られる位置に座椅子を置き、背後には戸棚がある。手を伸ばせば座ったまま必要なものが取り出せる場所だ。頭上には、門入の自宅の写真と夫の故・司さんの写真。

「さて、どこから話そうかな」と昔語りが始まる。

ゆっくり記憶を辿る面白さ。ゆきえさんは僕との対話の時間を心待ちにしていてくれた。

ゆきえさんのいつもの場所だった。
座りながら手を伸ばすと何でも取れる便利な場所だ

山の中腹まで水没した。波一つない、静まり返ったダム湖だった。
この下に、徳山村がある

第Ⅱ部

徳山村、百年の軌跡

廣瀬ゆきえ　幼年期

門入地区は、徳山村の中でもダム本体から最も距離があり、中心地だった本郷地区からさえも四里（約一六キロメートル）くらい離れている。

本郷地区から分かれた県道は道が細く、くねくねと支流の西谷川沿いを走る。川と目線が同じような高さの時もあるが、川を見下ろすくらい高いところを走るときだってある。起伏に富んでいて、一体この道はどこまで続いているのだろうと、初めて来た人は、深い山を見て不安になってくると思う。そうは言っても、今では車で行けるし、舗装もそれなりにされている。ここを開拓してきた先人のことを考えれば、十分すぎるくらい発展している。

本郷地区から門入までの道は、一九二四（大正一三）年に開通した。それまでは、人一人が通れるような、獣道のような山道だったという。大昔の人は、そんな門入という場所に出会ったとき、ここで暮らしていこうとよくぞひらめいたものである。山があり川が流れる土地だから人が営んでいけるという判断がこの集落を生んだのだろうか。それが大昔から続いているのだから、食べ物にしても水にしても豊富だったことがうかがえる。

・門入での家族

本郷と門入のちょうど真ん中あたりに、かつて戸入《とにゅう》という集落があった。今は家はなくなって雑草だけが覆い茂っているが、狭い谷間から空が広がり、明るくなったことで集落跡だということがわかる。この集落には、かつてピッカリコニカというコンパクトカメラで村の記録を撮り続けた増山たづ子さん（二〇〇六年没）が旅館を営んでいた。僕は生前、たづさんとこの戸入をよく歩いた。ここから門入までは二里（八キロ）ほど離れている。

門入のゆきえさんの自宅は一〇〇年以上前の建物で、藁葺きこそ手直ししてトタンになっているが、当時の雰囲気をそのままとどめている貴重な家だった。その自宅は、門入の大村という集落で、ゆきえさんの母ハルエさん（明治一三年生まれ、享年八八）の実家だった。ゆきえさんは、大正八（一九一九）年九月二一日にこの家で産声を上げた。今でいう里帰り出産だ。

「♬大正八年、お米が高い。米がないのに、双子ができた。できた子どもに乳がない……」と、ゆきえさんが唄い出した。この家には、ハルエさんの両親である甚助（享年八六）とクラ（同八八歳）、そしてハルエさんの兄・初二郎の三人が暮らしていたという。

「わしは、じいちゃんの甚助とばあちゃんのクラと叔父の初二郎に囲まれ、この家に預けられたんや。わしのお父さんは、影次といって、目の前を流れる西谷川を挟んだ川の向こう側の小村という集落に家があった。目と鼻の先じゃった。水の流れる音でかき消されるが、声をかければ、聞こえる距離やった」

ゆきえさんの父・影次さん
41 歳の若さで死去

ゆきえさんの母・ハルエさん
唯一残る一枚の写真

「わしは六人兄弟の長女。次女のウメ、三女のミサヲ、長男の影明、四女のツネコ、五女のスミエや。一番下とは、二〇歳も違うでな。わしが成人になってもお母さんは子どもを産んどる、わしの子どもって言ってもおかしくなかったな。でも周りのみんながそんな感じで、珍しいことではなかった。六人兄弟といっても当時はそれほど多いわけではなく、一〇人以上兄弟がおった家も近所にあったでな。そのお母さんは、ずーっと妊娠しとる印象やったな」と笑った。

ゆきえさんの幼い頃は、母ハルエさんの実家にほとんどの時間を預けられ、物心ついた時は、祖母のクラのことを自分のお母さんだと思っていたそうだ。

「昔は、子どもが多かったやろ、次から次へと生まれるもんやで、乳が追いつかんのよ。今と違って、栄養状態も良くなかったやろうし。そこでわしは、クラばあちゃんのおっぱいを飲んで育ったんや。説明する方も一世代ずれているからややこしくて、わからんようになるわ！

昔は、みんなで支えあって暮らすっていうのが当たり前やったで、人が入り混じって、ごちゃごちゃの中で育ってきたな。だから出入りする人間関係がなかなかわからんかった。でも、よう考えたら、わしだって栄養不足で死んどったかもしれんもんな。昔は、子どもが育てられずに死んでしまうってことがようけあったで。大人たちはよく頑張ってくれたと思う。近所の人たちも助けてくれたんやろうと思う」

川向こうの小村で、父と母、父の両親で治平とナツが暮らしていた。そして毎年のように生まれる弟や妹たちで賑やかだったという。なぜかゆきえさんだけが、母の実家に預けられていたそうだ。

小村には、他に四軒の家があったという。

・徳山小学校門入分校

大村からは西谷川を渡らなくては、両親に会えない。今では鉄筋の立派な橋がかかっているが、昔は、一本の木を切り倒した簡素なものだった。水の多い日などは木の端にしがみつくようにして渡ったそうだ。

徳山小学校門入分校までは歩いてすぐの距離で、毎朝近所の子どもたちと集まって登校した。しかしいくら分校が近いからと言っても、雪が降り出したらとても通学できるような状態ではなかった。ものすごい雪の量で、家も雪で閉ざされるほどだった。先生や大人たちが道を作ってくれて、何とか学校にたどり着けた。門入は小さな集落だったが、子どもは多かった。

「一学年に六～七人はいたから、わしが通っておるころは、全校生徒が四〇人くらいおったと思う。各家にも七～八人の兄弟がおったから、集落は何かと子どもの声が飛び交って賑やかやった。

わしは中でも元気がいい子で、学校を休むことはなかった。でも一度だけ休んだ記憶がある。それは二年生のときやった」

何日も続いた腹痛で、父の影次がその姿を見かねて、医者に行くことになった。と言っても徳山には四里離れた本郷地区に診療所があるだけで、それ以外は隣の坂内村《さかうち》（現・揖斐川町）の「廣瀬」という集落に行かなければならなかった。どちらにしても車はない時代で、歩いても日帰りできる距離ではなかった。門入の人は、役場などに用事がない限り、中心地の本郷地区に行くことはほとんどなかった。他の集落とは違い、隣の坂内村の川上地区に出られるホハレ峠を使うことが多かったという。

「腹痛だったわしを、お父さんはおぶって坂内まで運んでくれたんじゃ。揺れる背中の感覚を今でもよう覚えとる」

ホハレ峠は今も残る峠道で、ダム湖を越えることなく門入集落に直接入ることができる唯一の道だ。昔は、隣の坂内村の川上地区とを結ぶ要衝の道だった。僕もホハレ峠を越えたことがあるが、険しい山道だ。崖っぷちの道もあれば、急坂もある。人一人がようやく通れる細い山道は、早朝に出ても坂内村川上地区に到着するのは夕方。しかもずっと子どもを背負ったままひたすら歩くことを考えれば、すごい体力だ。昔の人には、驚かされる。坂内村の親戚の家に一〇日間ほど滞在しながら治療に専念し、ようやく家に帰ってこられたという。

「こんなに家を空ける余裕が昔の人にはあったんやな。今の時代やったら忙しくて考えられん。家族も仲が良かったんやろうし、苦労を苦労と思わんかったんやな。あの峠道をよく子どもを背負って越えたもんやと、今じゃ、お父さんに感心するなあ。学校が好きやったから、このお休みは苦痛やった。学問も好きで、それを面白いと思っとった。友だちと遊ぶことも楽しかったし、学校を休むことだけは嫌やったんや」

・「綴り方」教室

勉強で特に好きやったのが、『綴《つづ》り方』という授業やった。今で言う作文の授業や。得意な綴り方で満点を取りたかったが、どうしてもそれができんかったんや。お母さんが読み書きができん人で、お父さんが毎晩、お母さんに字を教えとった。

『じゅうにまんごくさんぜんよんひゃくごじゅうろくまんごくたたとうはっしょうくうごう』

字を教えながらそろばんも一緒に教えとった。毎晩のことやったで、この歌のような言葉が頭から離れんのや。最後には、お母さんは、ひらがなとカタカナが書けるようになっとった。昔の人は学校にも行けず、幼い頃から働くことばかりやったから、読み書きができん人が普通やった。その点、お父さんは学のある人でな、頭が良かった。お父さんは門入で唯一の雑貨屋をやっとったから、そろばんをはじくのはお手のもんや。そのお店には、いつもお客さんが来とった。売っとったもんは、乾麺、お菓子、お酒で腐らないものばかりで、繁盛しとったと思う。

お母さんかおばあちゃんが店の番をやっとったが、ちょっと店を空けると子どもたちがお菓子を盗んでおったが、お父さんがそれを見つけると、ひどい剣幕で怒っとった。わしはそれが怖くて、たとえお父さんの店のものだとしても、手を出すことができんかったんや。同級生たちにいつもお菓子が食べられていいなって言われとったが、そんなことはなかった。

お酒も量り売りで、お客さんが一升瓶片手によく買いに来ていた。でもどこから仕入れていたかは子どもの頃やからわからんな。きっと坂内村の川上から、ホハレ峠を越えて仕入れとったと思うが。でもお店でお金のやり取りをするお客さんの記憶はあまりなく、ほとんどの人がつけで買っとったと思う。一カ月に一回、お父さんと一緒に集金にみんなの家を歩き回っとったことを覚えとる。

集落の男の子たちは、春は鬼ごっこをしたり、しっぴん（めんこ）。夏になれば西谷川で魚を獲って遊んどった。田んぼの石垣の間に、足だれ（アシナガバチ）の巣があって、その中にいる蜂の子を釣り針にさして、淵にたくさんいたムツを釣って遊んだ。今と違って西谷川はきれいな川で魚がようけおったんや。そして、水の量も多かったなァ。

女の子は石を一〇個づつ出し合い、ジャンケンをして輪の中からはじき出す遊びをようやっとった。石を取られると負ける遊びじゃ。その遊びを『いっちょうとって』というふうに言っておった。

そんな友だちの中でも、まだ乳飲み子をおぶって学校に来るもんもおった。その乳飲み子がよく授業中に泣いて、先生に『廊下に出ていろ！』って怒られとったことを思い出すが、わしより暮らしが大変やなって思とった。そんな子どもは、家庭にも余裕がなかったと思うんじゃ。でもそんなことおかまいなしに、どの子どもも元気よく遊んどった。

わしの家はお金はなかったが、他の家より田畑があったで、食うもんには困ることはなかったんや。四反の田んぼがあったおかげやな。毎日お米にありつけたが、そうでない子どもはようけおった。ヒエや粟を食いつないで冬を越す話を聞くが、わしはその当時から白米を食べることができたんや。もち米も作っておったから、正月はトチ餅にして食っとった。土地を持つっていう縁起を担いでおったんじゃ。現金がなくても、土地さえあれば家族を養っていくことができるものやと、子どものときから学んできとった。今の時代はそれが逆さになっとるような気がするんや。腹さえ満たされれば、元気でいられたしな。

仕事はなかったし現金収入といえば、役人になるしかない。ほとんどの人が農家や木を切って炭にして生計を成り立たせておったんじゃ。だから仕事はあっても、現金というものがなかったんや」

現金の価値よりも物の価値のほうが高かったに違いない。

・「頼母子」の相互扶助

「そんな中、門入では『頼母子《たのもし》』というものがあった。わしが四〜五年生のころまでその制度はあったが、それ以降は聞かんようになった。頼母子は、お金を各家庭から徴収して困っている家族に渡す制度やった。貸し出すのではなく、金をその人にやっとったんや。

たとえば、子どもが中学校に進学するための費用であったり、家族の誰かを街の医者に入院させる費用であったり、困っている人を助けるためのお金やった。お金が欲しい家族が、その理由をみんなの前で話し、それに賛同する人が多くいたらお金を渡した。それぞれの家族の事情をみんなが知っとったわけや。わしの家でも一度だけ『頼母子』をもらったことがある。お父さんが病気になったときやった。

中にはお金だけを払い続けている人もおったし、もらってばっかりの人もおった。その不公平さもあまり問題にならんかったそうじゃが、一度だけ、近所の人が来て、わしのお父さんに向かって、金を払ってばっかりで俺は損をしとる！と文句を言ってきたおじいさんがおったことを覚えとる。

その人に対しお父さんは、あんたも先は長くないんだから、今さら金を回収したとしてもたいした得にはならんだろう。そんな考えより、村の人にええことをしとると思われたほうが、これから先も得じゃないかって説得しておった。それでおじいさんも納得して帰っていった。今から考えたら、純粋でいい人ばっかじゃ。それで納得するんやから。今やったら、言い合いの喧嘩になるな。『頼母子』の制度で、現金をもらった家族は、そうめんやうどんを買ってきて、感謝の気持ちを振る舞ったんや。それが約束やった」

・二泊三日の運動会

「ほとんどの子どもたちは、門入から外に出たことがなかった。みんなと一緒に外に出たのは、本郷地区（徳山村の中心地）で行われる運動会やった。運動会の会場は本校の徳山小学校だった。車もない、道も山道ばかり。しかも本郷までは四里もある。小学校一年生から歩かされたんや。運動会の前日の朝一〇時くらいに、門入分校から出発した。もちろん日帰りでは帰れない。先生を先頭に、ひたすら歩き続け、徳山小学校に到着したのは夕方だった。その時点でもう疲れ切っておった。

本郷の集落が見えたとき、一本の長い橋を渡る。その橋が細い橋で人もすれ違えんような木の橋やった。渡るのが怖かったが、先生がひとりひとり手を引いて渡ってくれたんや。

昔は車なんて走っとらんかったから、大きな橋は必要なかったんやろう。川が大きかったから、怖かったんや。その橋を渡れば、本郷の町や。大きな町に見えたんや。わしらは山奥から降りてきた猿のようなもんやった」

その橋は、西谷と東谷をつなぐ橋で、徳山村の中でも一番長い橋だ。僕が通っていた頃はコンクリートの橋になっていたが、昔の写真を見ると渡るだけでも恐ろしい木製の一本橋だった。

「橋を渡ったところで坂道があり、そこを上がりきったところに、徳山村役場があり、東谷の道と交わとった。その坂の石垣に本郷の悪ガキたちが何人も座っていて、わしらを上から見下ろしておった。

わしらはわら草履姿で、汚い着物を着ておったせいか、門入から来たぞ！って悪ガキたちにやじられた。それが怖くて、みんなで寄り添って歩いて徳山小学校に着いたんや。先生がその子どもたちを追っ払ってくれたから良かったが、悪ガキが多い本郷は、おそがい（恐ろしい）町やって思っとった。本郷には人が大勢いるなって思った。店もあるし旅館もあって、すごく賑やかに見えたんや。わしらが暮らしておる門入地区は徳山村の中でも秘境の地だったかもしれない。笑い話のような思い出や。

中学生くらいのお兄さんやお姉さんたちがわしらのお世話をしてくれた。食事を作ってくれたり、布団を敷いてくれたりした。まだ寝小便する子も二～三人おったが、着替えがないから、着物が小便でぬれたまま翌日の運動会に参加した。お尻を濡らしながら走っとる女の子がいたが、別にそれが珍しい光景ではなかったから、みんな何も言わんかった。

泊まった部屋は畳が敷き詰めてあって、それが柔らかいと思った。門入ではまだ板張りの上にむしろが敷いてあるだけの暮らしが当然やったで畳が嬉しかった。運動会が終わった日も夕方だったから本郷に泊まって、翌日の朝から門入に向かって歩き続けた。村内の運動会に行くだけでも二泊三日の旅やった。

運動会に参加したわしら全員に紅白のまんじゅうが配られた。中はあんこが入っていてとてもうまそうだったが、高価で珍しいものだと思っていたので、我慢して家に持って帰った。他の子どもたちも食べている子はおらんかった。親孝行な優しい子どもたちばっかやったな。門入に帰ってくれば、そこはわしらの天国やった。それだけ孤立した集落やったな。

友だちと遊ぶ毎日だったが、高学年に入った頃から様子が変わってきた。畑や田んぼの手伝いをしなくてはならなくなった。

『草を刈ってこい！　畑をおこしてこい！』などと言われて、子どもも仕事をさせられるようになった。友だちもみんな同じやった。とにかくそれがいやでいやで、放課後になっても学校から帰りたくなかった。だから放課後に友だちと学校でたむろする時間が多くなったな。ときに弟や妹の面倒を放棄して逃げたこともあったんや。

子どもは、ある程度大きくなったら家族を支えるように育てられとったで、進学するもんはあの時代はほとんどおらんかった。とくに女の子は学問はせんでええと言われる時代じゃ。その点、男の子は無理をしてでも、進学させようとした家庭が多かった」

はじめての滋賀県。海を見た

・養蚕と麻の栽培

「中学生になると門入の子は、四里離れた本郷の徳山中学校に進学するためには、下宿をせなあかんかった。他の集落の子より余計に金もかかったと思う。

とくにわしは、長女やったで、妹や弟の面倒を親代わりに見なあかんかった。進学をあきらめるというより、行かないほうが普通やったで、行けない悔しさのような気持ちはなかった。とは言ってもまだ小学生や。遊びたい盛りの時期やった。泣きたいこともいっぱいあったろうが、昔はこんな幼い頃から家庭の戦力になっとったんや。仕方のない時代やったんやな。

畑や田んぼだけでは食っていくだけで、現金収入にはならない。門入ではそのためにどの家でも養蚕《ようさん》をやっとった。お蚕さんのことや。養蚕をやる時期は、一年に二回ほどやった。その時期になるとお蚕さんに家が占領され、人間の寝る場所もなかったほどやった。餌となる桑の葉は、西谷川の対岸の山の裾野で育てとった。桑の葉をちぎりに行くことは幼いときからの仕事やった。

桑の葉っぱが茂るころ、畑の仕事も重なってな、日に何度も桑畑に行き、葉っぱをちぎった。徳山はあったかいところと違って、お蚕さんを二回育てるのが精一杯やった。お蚕さんを家の中で育てる夏と秋は、家の中を占領されとったから、かろうじて寝床だけを部屋の片隅に確保し、ご飯を食べたり、火を焚いたりするのは全部外やった。ムシャムシャとお蚕さんが桑の葉を食べている音がするんや。何万匹も飼っとったで、養うために家族総出で一生懸命働いた。

お蚕さんはよく糞をする。その糞のことを『こじり』と言っとった。一日一回、こじりをかき集めるのも子どもの役目やった。お蚕さんが繭になった頃、雨が降って湿っぽい日が続くと、炭を焼《く》べ、湿気を取り除いた。そこまでお世話をしないと、繭から糸を引いたとき、湿気でくっつきやすくなってまう。育てているこの時期は、すべてお蚕さんのための暮らしになった。

幼い頃は、繭から糸を引く家もあって、お湯の中でコロコロ繭が転がり、だんだん中のさなぎが見えてくるのは楽しかった。キラキラ光っている完成した絹糸は、とてもきれいだなって思った。でもその糸で仕立てた着物を着ていた人は、門入には一人もおらんかった。みんなぼろ布をあてがった綿の着物や麻の着物ばっかやった。現金を稼ぐためにやっとった仕事やで、決して自分が身につけられるもんではなかった。

糸はお蚕さんだけではなかった。今だったら許可が必要になるが、麻もみんなが畑で栽培しておった。

ジャガイモの収穫後に麻を植え、二メートルほどの背丈になった麻を、八月になったら切り取り、葉をむしり取った茎だけを束にして、お湯を張った大きな釜に束ねた麻を立て、その上から長い木製の筒の釜をかぶせ蒸し上げる。河原に持って行き皮を剥ぎ、しばらく冷たい川にさらしておいた。白さを増した麻の繊維を乾燥し、一本ずつ繊維から糸を作り、つなぎ合わせていった。とても細かい作業で、おばあちゃんは毎日のように糸に撚《よ》りをかけるのが仕事だった。お蚕さんは出荷していたが、麻糸は自家用だった。夏になると染屋に行って、かすり模様に染めてもらったんや。

一枚の着物を新調するにも大変な時間がかかった。一着はよそ行き用に大事に取っておいたが、もう一着は普段着用でボロボロになるまで着古した。死んだ時の棺に麻の反物をかけて運んだから、どこの家庭にも反物は準備してあった。

麻は魔除けでもあった。土葬にするときは、さすがにそれを埋めるわけにいかんかったから、取ってから土をかぶせておったんや。

糸の仕事をどの家でもやっとったが、実際、わしらが着とるものといったら、継ぎ接ぎだらけのボロがほとんどや。全部が全部、自分たちで作っとったわけではなく、揖斐の街から、呉服屋が古着を持って馬車で行商に来とった。古着だったから少しは安く、女の人たちはみんな飛びつくように買っていった。いつも川の淵にある旅館の前に店を構え、なぜか日が暮れてから売りに来てガス灯をつけて店開きだった。またその呉服屋が商売上手で。バナナの叩き売りのようやった。

『よう買わんのならもういい！』といって客を急かす。そうするとわしらは早よう買おうとする。いつもバーゲンセールのように荷車の前は近所の女どもで混雑しておったんや。

夜に売りに来た理由が翌日になってわかったんや。虫食いの小さな穴が空いていたり、シミがあったり、暗いところならばわからないような傷ものを買わされとったんや。騙された！って思っても後の祭り。でもまた売りに来ると、こぞって見に行って買ってしまう。相手は商売上手やで、結局買わされるんや。そんなくりかえしやったな」

• 一四歳で夜中にホハレ峠を越える

「小学校を卒業してから、一年くらいは家の手伝いをした。まだ一二歳の子どもじゃ。今の時代では考えられんが、小学校を卒業したら、立派に家族を支える一員になるのが当然やった。もちろん仕事と言ったら、ご飯を作るか、幼な子の面倒を見るか、農作業しかない。畑を耕し、種を撒き、田植えや稲刈りなど、小学校の高学年の頃からやっていた手伝いの延長だった。

農閑期の冬になると、農作業などの仕事はなくなる。男は鉄砲を持って猟に出るが、年寄りや女は籠を編んだり、来年春から使うわらじを作ったり、それなりにやることは多かった。小学校を出たばかりのわしは、まだ仕事を覚えておらんで、できることなどしれたもんやった。

冬のこの時期、裁縫の勉強をする子が多く、わしも一緒に習うことにした。その針仕事を教えてくれた人は、担任の先生の奥さんやった。先生は単身赴任で来とって普段は門入で一人暮らしやった。雪が降り始めると、先生はもう街に下りることはできず、逆に奥さんが、雪が降る前に門入に引っ越して来た。その奥さんが短気な人で怖かったんや。まっすぐ縫えないとパシッと手を払うように叩かれた。それだけが記憶に残っていて、ビクビクしながら教えてもらった。

針仕事や農作業の技術は覚えなくてはならない大事な仕事やった。当時、わしらの服と言えば着物で、せいぜい二〜三着も持っていれば、ましなほうやった。一年間代わる代わる着続け、当て布をしながら着古しとった。洗濯することも一週間か一〇日に一回くらいで、鼻水を袖で拭いていたから、それがカピカピに乾いて光っていた。どの子もみんなそんな感じで、昔の子は見た目にも汚かった。

忘れもしない一四歳の九月のことやった。わしの家で育てた繭を、滋賀県の高山という集落に運んだことがあったんや。その頃、門入ではわしの家と他にもう一軒しか、養蚕をやっとる農家はおらんかった。すでにこの時代で他は全部やめておったんや」

ゆきえさんが一四歳ということは、昭和八（一九三三）年の夏の出来事だ。今でいう中学二年生の女の子が、滋賀県までいくつも山越えをして、泊まり込みで繭を運ぶ手伝いなど、僕らの世代には考えられないことだった。

「季節は九月。秋子という時期の繭やった。飯を食い、夜中の一時くらいに、両親とわしと、もう一軒の近所のおじさんの四人で門入を出発した。懐中電灯なんて照らすものなどもなく、提灯片手に険しい山道を四人で歩いたんや。

繭は軽いが嵩《かさ》がある。子どもが一人入りそうな大きな竹の籠に繭を入れて運んだが、わしはみんなのお弁当三食分も籠に入れる係やった。それを持って行くことが、どれほど大変な道のりなのか、想像がつかんかったな。

一週間や十日も経つと繭を割って蛾が出てくるで、絹糸には使えなくなる。だからすぐに運ばなくてはならんかったし休んでいる間ははなかった。まず坂内村川上地区を目指し、ホハレ峠を越えた」

ホハレ峠は徳山村門入の住民にとっては、街に行く大切な主要道で、ゆきえさんが小学二年生のとき腹痛で苦しみ、父親におぶってもらい越えた峠だ。話では、二回目の峠越えになるこの時期、ホハレ峠ではトチ板を運ぶボッカでにぎわっていたという。キコリが切り出し乾燥したトチ板を、隣の坂内村川上地区に運ぶ人をボッカと呼んだ。若人《わこうど》たちの大切な現金収入だったという。

「門入の人は、よく行き来する道のりだったが、坂内村の川上地区までも決して近くはない。しかも真っ暗闇の道で、提灯などの明かりでは、何も見えんのや。谷に落ちそうになってしまう難所だっていくつかあったしな。

ホハレ峠の頂上で、空がぼーっと明るくなってきた。川上に着くころはすっかり朝になっとった。ここまでも遠いと思ったが、その先は行ったこともないところや。実はここからが峠の本番やった。

坂内村の川上は、電気が来とったし、ちょっとした賑わいがあって、気持ちが高ぶった。なんでも売っとったし、いろんな物資が集まって、岐阜の街に物資を送り出す拠点になっとった集落や。その坂内村の廣瀬字又《ひろせあざまた》というところから、滋賀県の高山に向け、再び峠道に入って行くんや。

わしはここから先の峠道が始めてやったで、しばらく歩いたところで、おじさんに今はどれくらいのところを歩いとるんじゃって聞いたことがある。そしたら芋の皮をちぃと剥《む》き始めたところじゃって笑って言ったことを今でも覚えてとる。

川沿いの細い道をひたすらついて行くしかなった。どこを見ても、代わり映えのせん山ばっかじゃ。どんどん坂を上がっていき、峠の頂上付近に着いたとき、目の前にぱっと広がる風景が飛び込んできたんや。あ、海や！　海が見えた！

それは初めて見る琵琶湖やった。キラキラと輝いていてあまりに綺麗な風景やったで、今でもよう覚えとる。あの感動は忘れとらん。山ばっかのところに暮らしておるで、広い場所を見るのは、初めてやった。これが滋賀県なんやって感動したんじゃ」

僕は、その道を地図で探してみた。キーワードとなる地名は「高山」。ゆきえさんに聞いても、それ以上の記憶をたどるのは無理だと思った。岐阜県と滋賀県の県境に「近江高山」と地図に書いてある。長浜市の北部にある集落だ。方向からしても、ここしかないと断定した。さっそく、近江高山を目指すことにした。もちろん街のルートもあるが、ゆきえさんが歩いた道に沿って「近江高山」を目指した。

坂内村の川上地区から国道三〇三号線を揖斐方面に下り、しばらくすると大きなカーブの手前に右へ入っていく峠道らしき入り口があった。この辺りが、ゆきえさんが言っていた「廣瀬字又」という地域なのか？　周囲に民家もないし、標識も何もない。ただ「鳥越峠」としか書かれていなかった。道路幅は意外に広く、乗用車がすれ違えるくらいの広さがあった。何よりありがたいのは舗装されていたことだ。

現在の鳥越峠

家は一軒もなかった。昔は田んぼだったのかなと想像させるような平地があったが、何年も使われていない荒地になっていた。

どんどん坂を上り、標高がかなり高くなっていた。道がくねくねと蛇行し、不安になるような山道に変わっていった。

時々旧道に出会う。きっとゆきえさんたちが歩いた峠だろうと想像する。人一人が歩けるほどの道幅だ。一四歳だったゆきえさんが、夜通し歩いてくるような道のりではない。大人の僕でもひるんでしまう険しさだった。獣たちの縄張りに迷い込んだような場所だったが、今回その姿を見なくてすんだ。周りには「熊に注意」の看板が立っていた。そのまま車を走らせ、頂上付近の山の影を曲がった時、目の前がパッと明るくなった。西陽に反射し輝いている琵琶湖が広がっていたのだ。

「あ！」と、驚きとともに、この明るくなった大地に心が踊った。

あれが、ゆきえさんが言っていた海なのか。僕も運転しながら歓声を上げるほど、その風景は綺麗で空が広いと感じた。間違いない、ゆきえさんが感動した琵琶湖をほぼ同じ角度で僕は見ていると思った。岐阜県側は、山が深く日陰ばかりだが、頂上に着き、その山の西側を見た時、風景が一変した。なんて明るいのだろう。雲の隙間から時々照らす太陽で湖面が輝いていた。そして水の見える風景がとても豊かに思えた。

徳山村から来たゆきえさんからすれば、この広くて明るい湖のある大地に憧れを抱いたのは自然なことではないかと思った。その時のゆきえさんの話の勢いも軽やかだった。

目の前に広大な琵琶湖が広がった。
手前に見えるのが長浜市。ゆきえさんが子どもの時に見た風景と同じはずだ
（鳥越峠の頂上から）

ここまで歩いてきた道のりの苦労があったからこそ、この風景は特に大きな感動だったに違いない。下界には長浜市が見えた。街の明るさは違えども、ゆきえさんの少女時代にタイムスリップしたようだった。さらにそこから下っていけば、滋賀県の高山という集落に入っていくはずだ。

琵琶湖を見ながら、下り坂を進んだ。

・ボッカの大男

「結局、目的地の高山という集落に着いたのは夜やった。みんなが運んだ繭を全部、引き取ってくれたんや。子どもやったで取引の細かいやりとりはさっぱりわからんが、親たちは昔っから付き合いのある人たちやったんや。繭を納品する家には、六尺（約一八〇センチメートル）くらいある大男がおってな、わしはその人を見てびっくりしたんじゃ。この男の人をよく門入で見かけておったからや。こんな遠くからしょっちゅう行き来しとったんやなって思った。

その大男が、徳山まで来てホハレ峠でボッカの仕事をしておったんや。トチの板を運んでおったが、まさかこの高山から通っておったとは今まで知らんかった。そんな苦労を知らずに、いつもどっかから来とるお兄さんやと思っておった。

あの大男の嫁は、徳山村の戸入からもらったってあとから話を聞いた。その家に一晩泊めてもらい、翌日の朝、繭を売った金をもらって再び来た峠道を戻ったんや。帰りは同じ道のりなのはわかっているが、先がどれほどの距離かわかるだけ、足取りは軽かったな。

もらった金で、おみやげの飴を買った。木の桶に流し込まれていて、鑿《のみ》でかち割りながら食べる飴やった。甘いものと言えば、そんなものしかなかったが、でも口に入れると、本当に甘くておいしかったんや。

結局、近江高山に行った記憶は、それが最初で最後やった。わしの家も近所のおじさんの家もそれ以降、養蚕はやめてな。わしが一四歳の時ってことや」

門入では、昭和八（一九三三）年まで養蚕をやっていたことになる。

琵琶湖が見えた山の頂上から先は滋賀県だ。近江高山までひたすら下り坂が続く。大きな川と道路が合流し、キャンプ場を越え、民家が増え集落に入って行った。

集落の中心部の橋のたもとに長浜行きのバス停があった。そこに「高山」と地名が書かれてある。間違いない。徳山からはこのルートであり、ここがゆきえさんたちの目的地だった場所だ。

ゆきえさんが、この集落に着いた時の気持ちはどんなものだったんだろう。命がけの旅だったと思うが、昔の人の暮らしでは、こういう危険とは、常に隣り合わせになっていたと思う。それにしても、ここまではすごい遠い道のりだ。

高山は静かなところだった。草野川が集落の真ん中を流れ、その両岸に家が並んでいた。家こそ建て替わっているだろうが、先祖から続く趣が残っていた。しかし養蚕の仕事をしている雰囲気はなかった。

繭の仕入れをやっていた六尺の大男。その妻は徳山村戸入出身であること。そしてこの高山という小さな集落の住人であること。その三つが足取りを探す確実な情報だった。しかしその大男は、ゆきえさんから見て一〇歳以上年上のお兄さん。もう亡くなっているだろうから、その子どもに期待を寄せた。

橋のたもとには仕出し屋さんがあったり、民家の混み具合を考えても、昔の賑わいを想像できるような集落の作りだった。徳山村からようやくたどり着いた人たちは、その賑わいが輝いて見えたのではないだろうか。

畑仕事をしているおじいさんがいたので声をかけてみた。

「大昔の話ですが、岐阜県の徳山村から繭を運んできた話を調べているのですが、この集落に身長一八〇センチ（六尺）くらいの大きな男性で、その妻が徳山村の戸入出身というご先祖がいる家を知りませんか」と尋ねてみた。

「わしは、そんなに年はとっておらん！」と笑いながら考えてくれた。そして教えてくれた。

「あぁ、それなら間違いないかもな。きっとあの家の先祖だよ。とっくにその夫婦は亡くなっているが、息子も背が高いから尋ねてみるといい。たしか亡くなられた奥さんは徳山出身だったはずだが」

いきなり当たりくじを引いたような気持ちになり、僕は興奮した。たしかにこの集落の小ささだと、みんな親戚のようなものだろう。

六尺の大男の家は、お聞きしたおじいさんの家の裏にあった。早速、その家の門を叩いてみた。

6尺に近い背の高さがあった高山金治さん

表札には「高山金治」と書かれてあった。すると家の梁《はり》に頭をぶつけそうな大きな六尺くらいのおじいさんが、玄関から顔をのぞかせた。きっと訪ねてくる客など滅多にないことだろう。僕の話を半信半疑で聞きながら、表情を伺っているようだった。

この人がこの家の主人、高山金治さんだった。ここに来たわけを大まかに話し終えた後、「きっとその話は、うちの親父のことだな」とあっけらかんと答えた。

「まあ、上がりなさい」と居間に通された。早速、ご両親の遺影が掲げられてある仏間にまで通してくれた。

「親父は高山喜惣松《きそまつ》といい、母は一枝《いちえ》といいます。父は六九歳で亡くなり、母は九二歳で逝きました」と教えてくれた。

喜惣松さんは、六九歳の短命だったためか写真が不鮮明であったが、上半身だけの写真でもがっしりとした大きな男性に見えた。妻の一枝さんは、九二歳までご存命だったこともあり、遺影の写真はカラーで残っていた。

その笑顔の遺影は、驚くことに、戸入出身でピッカリコニカで写真を撮り続けた増山たづ子さんにそっくりだった。きっと戸入特有の顔なのか、親戚かもしれないと思ったほど似ていた。

金治さんが、父の喜惣松さんの話をしてくださった。

「私が生まれたころは、養蚕はやっていたが盛んだった時期から縮小気味になってきた頃や。徳山村や坂内村からよく繭を運んできてくれたと聞いているが、わしもまだ本当に幼かったから、その

ゆきえさんが出会ったであろう高山喜惣松さんと一枝さん夫婦の遺影

ゆきえさんという人の記憶はないな。きっとわしはまだ赤ちゃんだったんじゃないか？」

「金治さんは何年生まれですか」

「わしか、昭和八年生まれだよ」

まさにゆきえさんが、繭の納品に来た年だ。きっと、間もなく生まれる金治さんの話題をしたのではないだろうか。

「親父は強い男やった。徳山まで行ったり来たりして、あの重たいトチ板を運んできたからな。今でもその板が残っているよ」

トチ板を運んでいたボッカの話は歴史にも残っているが、それを僕は坂内村の川上地区まで運んでいただけだと思い込んでいた。まさか近江高山まで運んでいた人がいたとは、距離からしても信じられないものだった。

ゆきえさんがたまに門入で見かけていた大男というのは喜惣松さんのことで、ほぼ間違いなさそうだ。少しだけだが、話が一致した興奮を僕は抑えきれなかった。

お蚕さんは蚕棚でしだいに繭になってゆく。しかしそこから羽化しないうちに高山まで運ばないと殻を割って外に出ようしてしまう。そのわずかな時間のうちに遠い先まで納品しなければならなかった。それとも徳山村で乾燥させて運んだのか、ゆきえさんもはっきり覚えていなかった。最初で最後の経験としても、両親はゆきえさんに繭を運ぶ仕事を経験させたかったのかもしれない。もしくはホハレ峠を自分の足で越えさせたかったのか。いずれにせよ、幼き少女には、大きな経験だった。

僕は「高山」のことがもっと知りたいと思い、それ以降、何度か通うことになった。

高山ではすでに養蚕を行っている人はいなかったが、同じ川沿いの少し下った太田という集落に、一軒だけ今も現役で養蚕を行っている家族がいると聞いた。そこに行けば、当時の様子が少しでもわかるのではないかと思った。

養蚕農家三代目の西村英雄さん一家だ。息子で四代目の英次《ひでつぐ》さん、妻の則子さん、そして長い間、お手伝いをしているご近所の渡辺一子さんがこの仕事を今も続けていた。

現在は桑も育て、年二回、お蚕さんから絹糸を取っている。お湯の中でコロコロと二〇個ほどの繭が泳いでいる。渡辺一子さんの手さばきは、まるで手品師のような、不思議なほどしなやかで休むことのない動きで、僕は魅了された。

繭の転がり具合を見ながら、絹の繊維をさっと補充し、均等な太さの絹糸を紡いでいる作業だ。

「糸引きができんと嫁にいけないって、昔からこの地域で言われておったんよ。八〇歳以上の女性のほとんどが、糸引きができるはずよ」

渡辺さんは、七〇年ほどこの仕事をしている大ベテランだ。

「いま杉の木が植わっている所は、全部、桑の木が植っとった場所や。そして目の前の区画整理された田んぼも、昔は棚田のような小さな田畑が広がってとって、そこにも桑がびっしりと植わっとったで」と三代目の英雄さんが語った。

糸とりを70年ほど続けている渡辺一子さん

「戦争が始まって食料がなかった時代は、桑の木を掘り起こして、そこにジャガイモやモロコシなどを植えて飢えをしのいどったんや。終戦後は、杉を植えると補助金が国から出るということで、残った桑も切り倒して、今の杉林になったんや。化学繊維なども急激に普及していったから、今までの仕事から離れるものばかりで、結果的に今残ったのは、ここだけになってしまったわ」

「岐阜県から繭を運んできた頃の話はご存知なんですか」

「あぁ、もちろん知っとるが、わしの世代の少し前の話やな」

たしかにゆきえさんは、英雄さんのひと回り以上、上の世代になる。

「揖斐の坂内村や徳山村から繭をここまで運んでおった話やろ。今は静かやが、その時代は、この草野谷《くさのたに》も人の出入りが激しかったんや。藁で編んだ籠を天秤棒にぶら下げて繭を運んでおった。岐阜県の町のほうから下草狩りや肥料をすき込む仕事を『なつや』と言って、たくさんの人が手伝いに来てくれとったんや」

養蚕がいかにこの辺りの主要産業だったかは、草野谷のことがこと細かくまとめられている『草野谷の特殊生糸』（浅井町那楽器原糸製造保存会）を見ても明らかだ。草野谷と呼ばれるこの辺り一帯は、滋賀県内で一番の絹の生産量を誇っていたようだ。世帯数の八割が養蚕の仕事をしていたと記されてあった。ゆきえさんや西村さんや渡辺さんの話によると、その生産量を下支えしていた人たちが、徳山村やお隣の坂内村から来ていたことになる。

村の人たちは、山を伝って行き来し、里に下りてくることはほとんどなかった。街に暮らす人たちには見えない流通が山の道にはあったというわけだ。それがあの鳥越峠ということになろう。

ゆきえさんは、それに少しだけ関わった最後の人だったのだ。

ゆきえさんが言っていた、お土産に買っていったという飴が気になった。その飴のことを英雄さんに尋ねてみると、「それは桶飴って言うんや」とすぐに返事が返ってきた。この地域ならではの飴のようだ。

「能勢という地区にあった餅屋さんを経営していた角路《かどじ》（屋号）という店で売っていた飴のことや。前の前の代になるやろなァ。その当時は松井四郎さんという人が飴を作っておったはずや。もちろん今は名残もないよ。直径二〇センチくらいで深さ一〇センチほどの木桶に飴が固まった状態で売っておったんや。それを金槌とかで割って食べたんや。甘いもんなんかなかった時代やで、それがうまかったんや」

それにしても、隣の集落の親戚でもない人の先祖の名前がパッと言えるなんて、よっぽど人間関係が濃厚な集落だったと思えた。だからこそ、一〇〇年も前の歴史がすぐにわかったのだろう。

ゆきえさんが言い残してくれた一言で、出会いがあり、見えなかったものが、少しわかったような気がする。こうして考えてみると、徳山村の人も坂内村の人も、街に出ることはなく、山から山を渡り歩いて他県の人と交流を深めていたことがわかる。街からは見えない流通がここにはあったのだ。

まさにホハレ峠や鳥越峠は、人の交流の道であり、絹の道だった。

西村家は、草野谷で唯一、養蚕業を営む家族だ。
「今では一万頭を育てるのが精一杯。絹糸の需要が減ったしなぁ」

はじめての巨大紡績工場へ

ゆきえさんの話は続く。

「その年（一九三三年）の一〇月、家に初めて就職の話がきたんや。昔は一四歳くらいになると、経済的にも体力的にも家庭を支える存在でな。でも、次女のウメ、三女のミサヲも一緒に働きに出ることになった。まだミサヲは一一歳くらいで小学校に通う子どもやった。もちろん徳山村では現金収入がほとんどないから、若い人は冬場に街に出稼ぎに行くのが当然やった。

その頃の就職先といえば、女の子は子守り奉公をするか紡績工場くらいしかなかったんや。東海地方は紡績が盛んで、日本中から若い女の子が集まっとった」

養蚕という現金収入のある仕事をやめたのは、ゆきえさんが働ける年齢に近づいたということと、ホハレ峠を自力で越えられたからではないか。一四歳で大人と同じように扱われていたのも驚きだが、妹たちもそれについていくのだから、今の時代からは信じられない度胸が備わっていたのだと思う。

「一一月から来年四月までの半年間、親と離れることが寂しかった。姉として妹たちを支えてやらなあかんって気が張っとった。

滋賀県の工場からその関係の人が門入まで迎えに来て、わしらを引き連れ、ホハレ峠を越え、滋賀県木之本町まで歩いて出た。そこから汽車に乗って、彦根に向かったんや。

初めての勤務先は、滋賀県の彦根駅前にあった大きな紡績工場（カネボウ）やった。汽車に乗ったり、街を歩いたり初めてのことばっかで、気持ちが高ぶった。工場についてみると、貧しそうな子どもたちが大勢おった。街はすごい活気で、人が賑わっておった。わしなんかまだ年齢も大きなほうで、ミサヲのような小さな子どもが大勢いて驚いた。全員が女の子で、工場には七〇〇人くらいはおったと思う。それはそれは大きな工場で、ずっと奥までガチャン、ガチャンと大きな音を立てながら機械が並んどった。

工場の敷地に寮もあって、一〇畳くらいの部屋に八人が寝泊まりした。部屋は、全員知らない子に振り分けられた。

大きな食堂では、時間通りに食事が出てきて、プールのような大きな風呂に毎日入らせてもらった。徳山での暮らしから思うと極楽やった。この食堂で、初めて豚肉と牛肉を食べた。本当にうまかった。今まで熊の肉やウサギの肉を特別な日だけ食べておったが、普通に肉にありつけるのは夢のようやった。しかも生まれて初めての豚や牛だ。

工場は二交代制で朝五時から昼二時まで。遅番は二時から夜の一一時までやった。それを一週間で交代する。仕事の内容は、綿から糸を紡ぐ仕事だった。人工の綿を紡ぐ仕事もやった。ときどき、かせ織りといって、糸がだまになっていないか確認する仕事もやったもんや。

何百台と並ぶ機械の前で、ガチャンガチャンと大きな音がうなりっぱなしで、話ができないくらいの音が朝から晩まで響いていた。でも働くことがとても楽しいと思った。

同じ部屋の子で、鹿児島と沖縄の子がおったが、方言で言葉がわからなかったが、それがお互いに面白かった。みんなと仲良しになってな。何でも初めての体験やったんや。友だちになった子たちに家はどんなところか聞いてみると、そのほとんどが辺鄙な山奥の子どもたちばかりだった。どの子も苦労している家庭で、いいとこのお嬢さんは一人もおらんかった。

工場は、毎週日曜日がお休みだった。買い物が楽しみでいつも一緒だった三人の友だちとよく彦根の街に繰り出した。お給料は五円くらいあったが、そのほとんどを両親に持っていくため、自分の買いたい着物を我慢しとった。

彦根の街で変わった格好をしている女性と一度だけすれ違ったことがある。その人は着物姿ではなく、背伸びするような高い靴をはき、大きな帽子をかぶっておった。おかしな格好をしとるなと、買い物に一緒に出掛けていた友だちと話をした記憶があるが、それが洋服やハイヒールということを後になって知ったんや。

寮の窓から汽車が見えるほど彦根駅は近かった。近くから来ている子は、お休みになると汽車に乗って里に帰っていった。部屋から手を振って、みんなを見送ったが本当は寂しかった。自分もお父さんやお母さんに会いたかったんや。門入は雪で集落ごと完全に閉ざされているから、帰ることは絶対にできないのはわかっとった」

春が近づき、ようやく徳山に帰る時期になった。姉妹三人合わせて、百円くらい握りしめていたという。春の門入へは、相当、足取りは軽かったことだろう。

門入でのもう一つの大きな現金収入の一つに、前述の繭を納品した近江高山の高山喜惣松さんがやっていたボッカの仕事がある。

当時、門入の人は、どこへ行くのもホハレ峠を使って街に出掛けた。徳山村の中心地に行く時は、役場や郵便局などの用事くらいで、直接、隣の村に出ることのほうが多かったという。それくらい坂内村の川上地区は要所として賑わっていたそうだ。

門入は門を入ると書く。中心地の本郷に近い隣の集落は、戸入《とにゅう》と言って戸を入ると書く。中心地の本郷からみれば、戸を入って門を入るという逆の順番になることから、門入のほうが、村の入り口だったのではないかと想像できる。だから坂内村に抜けるホハレ峠側からみると、門入は徳山村の最初の集落だ。峠では行き来する村民も多く、知り合いともよくすれ違ったという。

「幼い頃から大人たちが、板を何枚も担ぐ姿を見ていたが、わしもそろそろトチ板を運べる体つきになっとった。

昔はトチの木が門入の奥にたくさんあった。それをきこりが板にして山から切り出しとったが、わしのお父さんも農作業の合間にその仕事をやっとった。

切り出す場所が、一里（約四キロメートル）や二里も奥だったことを聞いたことがある。板にした後は、しばらく現場で乾燥させて、門入まで下ろしてきたそうや。そして体力のある若いもんがグループを作り、ホハレ峠を越えて、坂内村川上地区を目指したんや。

わしがその仕事をするようになったのも一七歳のころやった。女のわしが、だいたい八貫（約三〇キログラム）を担いだ。男は少しでもお金が欲しかったからその倍くらいの重さの板を運んどった。そりゃ重たいで。山道で休憩する時も、地面に座ってしまうと立ち上がることができんから、杖にしていた棒を板の下に立てて、立ったままひと息ついたもんじゃ。ホハレ峠は何度も行き来して慣れていたが、早朝に門入を出ても川上に着くのは夕方やった。

ボッカは主に夏場の仕事で、大汗をかいていつも一〇人から一五人の若者で運んだ。若い男女が集まるから会話が弾んでな。荷物は重たくても軽やかで楽しかったんや。ワイワイ騒ぎ、歌を唄いながら峠を越えた。

ボッカは一貫（約三・七五キログラム）が五〇銭から六〇銭くらいで計算され、重たければ重たいほど稼げた。川上で板を下し、金をもらって塩や石油を買って帰った。醬油を作っとらん家は、樽で買ってまた重たい荷物を担いで帰ったんや。

坂内村川上地区は、早いうちから電力会社が入っていたから村は明るかったが、徳山には電気はまだ来ていなかった。石油はストーブのための燃料ではなく、カンテラに火をともすためのもので、冬になると雪に閉ざされ、どうしても川上にすら出て来ることができんで、石油や塩を頼まれて買っ

ホハレ峠の玄関口、坂内村（現・揖斐川町）川上地区

て行く者が多かったんや。塩さえあれば、何とか暮らしていくことができた。でもな、昔の塩は、湿っぽいもので今のようなさらさらの塩なんぞなかった。だからとても重たかったんじゃ。それに五キロや一〇キロなどの塩の量じゃ山ではとても暮らして行けんでな。藁で編んだ中に塩が入っとって、ぽたぽた塩水がしたたるほどの湿っぽさで、徳山に着いてその塩に重しをして、落ちる塩水を集めたもんや。それが冬に作る豆腐に欠かせないにがりになっておった」

ボッカで荷下ろしをしていたという坂内村川上地区を訪ねてみた。高齢化が進む集落はシーンとした静けさの中、滋賀県木之本町に抜ける国道三〇三号線を通過する車の音だけが山にこだました。当時の賑やかだった頃の趣を感じることはなかった。

外で農作業をしている八〇歳くらいの老夫婦に声をかけてみた。

「昔、徳山村の門入の人たちが、トチ板を運んできたと聞いたことがあるのですが、その話はご存知ですか？」

「それはボッカのことやな。ボッカは、わしが小学校に入学するかしないかという幼い頃までやっていた記憶がある。大きな板を重たそうに運んでおった。

でも幼い時期やで、それが栃の板とか、何でおんできたとか、何人くらいで集まって運んだものか、そういうことまではわからんな。

妻の実家の庭先に板をずらっと並べ、そこからトラックに乗せて岐阜まで運んでいったのは、はっきり覚えとる。その向かいに『つたや』という旅館があったが、今では橋の工事で取り壊しになってしまった。徳山の人たちは、その旅館を利用したと思うよ。

妻の実家の田んぼが、ホハレ峠の入り口にあったから、そこを歩いてくる門入の人にお茶を出したりして、あぜ道で休憩しておった。川上からも門入に嫁いだ人がおったが、もうその人たちも亡くなって、その頃のことを話せる人が一人もおらんのや。

ここらの小学校の遠足は、ホハレ峠を越えて門入まで行ったんや。小学生でも日帰りで帰ってこれたけど遠かったよ。川上地区も山奥の集落だが、それでも電気は早いうちから来ておった。徳山の人が川上が明るかったと印象をもたれるのも無理はないわな。あっちはさらに山奥やで、電気のある暮らしなんて考えられんかったやろうしな」

門入にとってホハレ峠とは、物資の流通だった大切な道だが、人と人が交差しあい、出会いや希望があり、多くの人たちの想いが詰まった峠道だったに違いない。

春から秋にかけて、田畑の仕事をこなし、その合間をぬってボッカの仕事で現金を手に入れ、冬前になると街に出稼ぎに行った。そして芽吹く春に再び門入に帰ってくる。まだあどけない少女がそうして家族を支えてきた。

ゆきえさんのように出稼ぎに行く人は、四〜五カ月の間、徳山村を留守にしていたことになる。

一四歳から一六歳までの冬の三年間は、彦根駅前の紡績工場で働き、一七歳からは愛知県一宮市の紡績工場に職場を変えた。

愛知県の葉栗郡《はぐりぐん》（現・一宮市）の紡績工場は、彦根の工場に比べ規模は小さく家族経営だったという。ゆきえさんはその工場に、三女である四歳下のミサヲさんと一緒に働くことになった。この時代は想像するしかないが、生き方や進路の選択など、自分では決められなかったのだろう。誰もが生きて行くために必死な時代だったのだ。

「わしは一七歳、ミサヲが一三歳の頃やった。ミサヲを連れホハレ峠を越えた。坂内村の川上地区に到着し、そこから久瀬《くぜ》村（現在の揖斐川町久瀬）まで歩いた。滋賀県に行くときはさらに山を越えて行くが、久瀬村は逆方向で、下り坂のやや優しい道のりやった。

久瀬村に到着するころ、日が陰り始めとった。そこで旅館に泊まり、翌日揖斐《いび》駅までジープに乗せてもらって山を下ったんや。そのジープは四人乗りやった。揖斐駅から養老鉄道の汽車に乗って大垣まで出て、国鉄の東海道本線に乗り換え、名古屋方面に向えばよかった。

今回は家族経営の紡績工場だったから、わざわざ迎えに来てくれることなどの世話人もいなかった。住所を頼りに自力で行かなくてはならんかった。ミサヲはまだ幼くて、ついてくるばかりでわしを頼りにしておった。わしだって自分一人で汽車に乗ったことなんてなかった。切符の買い方もわからんし、手に握りしめた紙に最寄りの駅名と住所しか書いておらんかった。それ以外に情報は何もなかったから、とても不安やったんや。でもミサヲにはそんな顔見せられんかった。お姉ちゃんやしな」

最寄りの駅は木曽川駅。岐阜駅を越え、木曽川の鉄橋を渡ってすぐの駅。そこは愛知県だ。木曽川駅からなんとか日が暮れないうちにお世話になる工場に着かなくては野宿する羽目になる。木曽川駅から、工場のある葉栗郡松竹町を目指しひたすら歩いたという。

「駅から結構に離れておったが、山道とは違うで苦労はなかった。迷い迷いなんとか到着した。これで今夜の泊まるところの不安は解消された。

この工場の旦那さんは、門入の源太郎という人と軍隊で知り合って、集落で働ける女工さんはおらんか尋ねられたそうや。それが縁の始まりやと聞いとる。そこにわしらが行くことになったわけや。その工場の旦那さんは養子に来とったが、実家はここから一里ほど離れた場所にあるそうで、そこも紡績工場を家族で営んでおった。ミサヲは、その旦那さんの実家の工場で働くことになったんや。

離れ離れで働くとは聞いていなかった。まだあどけない一三歳の妹が、姉と別れ、まったく知らない土地で、しかも住み込みで五カ月間も働き続けなくてはならない。相当不安やったと思う。

その日の晩に、旦那さんの実家の人が迎えにきて、ミサヲが連れて行かれた。かわいそうやったが、でも工場は近いと聞いとったし、旦那さんの実家と思えば、大丈夫やと信じるしかなかった。それに門入の人がその工場に三人働いていると聞いて少し安心したんや。

わしのほうの工場には、女工さんが五人働いとった。その人たちは北海道から働きにきとった。彦根で働いとったときの寮では、鹿児島と沖縄の人が同室やった。今度は北海道の余市の人や。余市と言われてもどこにあるのかよう分からんかった。

徳山村から出たことで、北海道から沖縄まで、知り合いになれんような人たちとわしは出会っとる。それが面白いと感じとったんや。

旦那さんよりも奥さんが大変やった。わしらの食事を毎食作り仕事もしとった。家族経営だったから交代制はなく、毎朝五時から仕事が始まった。冬は、なかなか日が昇らん。暖房も何もなかったで冷たくて、みんなしもやけになった。泣きそうになった。でも誰一人、逃げ出すもんはおらんかった。歯を食いしばって働いておったな。逃げると言っても、遠い実家にも帰れん人ばっかじゃで、ここに置いてもらうしかなかった。

七時半から朝ご飯だった。食べ終わると自分で使った食器の片付けをし、すぐに現場に入った。昼ご飯も食べるだけ、夕ご飯も食べるだけ、休憩なんかまったくなく、ひたすら働き続けた。夜は八時まで働いた。彦根の工場に比べるとずいぶんきつい仕事だった。お休みは日曜日ではなく、月に一回しかなかった。それだけ忙しかったと言えるがそれにしてもずいぶんなもんじゃ。一カ月働いて給料は二円やった。彦根の工場に比べると半分くらいしかなかった。

国では八時間労働を守っているか、よく警察が工場を回ってきていた。前もって警察が来るとわかっていれば、その日は早く仕事が終わった。だから今日も来ないかなって思いながら仕事を続けておったんや。そんな働き方をしておったから、ミサヲのことが心配やった。そんなミサヲが、わしを捜して歩き回ったと人から聞いた。迷ったあげく、結局わしが働いとる工場にはたどり着けんかったらしい。それを聞いてわしも泣きそうになった。きっとミサヲも寂しかったに違いない。愛おしい妹やな。

お正月が来ると、旦那さんはわしらにごちそうをしてくれた。そしてみんな一緒に半日ほど歩いて髪結いさんのところに連れて行ってもらい、一人ずつ髪を結ってもらった。二五歳くらいのお姐さんたちは、『高島田』。わしはまだ若かったで『桃割れ』で結ってもらった。初めての体験で本当に嬉しかった記憶が今も残っておる。

春のお彼岸の時期、工場を休みにし、曼陀羅寺のお祭りにみんなを連れて行ってくれた。境内に伸びる沿道には、出店が建ち並び賑やかで楽しかった。でもびっくりしたことがあったんや。その沿道に地面に這いつくばって、「一銭でも恵んどくれ！　どうか頼みます」と声をかけてきた人がずらっと並んでおった。階段にもそういう人が大勢おった。後で分かったことやが、らい病（ハンセン病）の人やった。

わしは心の中で驚いて、でも顔に出したらあかんと思って、なるべく目を合わさんように通り抜けたんや。今こうして働ける喜びを感謝せなあかんなって思い、曼陀羅寺の神様にお祈りしたことを思い出す。

徳山だけにおったら何もわからんかったなっと感じ、わずか五カ月間でも村を離れることの刺激をわしは感じとったんや。厳しい冬を乗り越えようとじっと我慢している村の人たちを、気の毒に思っとった。でもわしら姉妹もそれに負けじと一生懸命働いた。結局、翌年もこの工場で働いた。ミサヲも頑張って続けたんや」

JR木曽川駅から曼陀羅寺までは一〇キロほど離れていた。幼い少女が住所だけを頼りに歩くに

髪を結ったゆきえさんが歩いた曼荼羅寺の石畳

は、かなり不安だったのではないだろうか。いまは住宅街が多くなったが、当時は田園地帯が広がるばかりだっただろう。さぞ姉としてしっかりせねばならん！という緊張感を持ち続けて歩いたはずだ。

合併を重ね今では江南市になった曼荼羅寺を探しあてた。ゆきえさんが言うように、本堂まで石畳の沿道が続いていた。藤の花が有名で、季節になるとそれを目当てに来る観光客が多いお寺だという。

この沿道の当時の光景を想像しながら僕も歩いた。きっと人の往来も多かったに違いない。今も老舗の和菓子屋さんなどお店が立ち賑やかだ。

大きな木や古い門、そして石畳。この同じ風景を幼き姉妹が見てきたのであろう。親とも会えない働きづめの幼い姉妹にとって、華やかな沿道は、どのように映ったのだろうか。

その近くには松竹町という町名がたしかに存在していた。曼陀羅寺から松竹町までは、二～三キロほど離れている。小さな紡績工場も何軒か残っていたが、廃墟となっている工場が目立った。名前もわからない個人経営の紡績工場という手掛かりだけでは、それ以上、探しようもなかった。

松竹町の工場で二冬働いたあと、翌年の冬は、名古屋に近い国鉄枇杷島《びわじま》駅が最寄りの「フジカス紡績」という大きな工場で働くことになった。名古屋に近いということもあって、周囲は都会だ。

「日曜日になると、必ず街で一番大きかった栄の松坂屋まで歩いて出かけてみたり、大須で買い物に出かけたり、街でうどんを食べたり、パンを買ってみたり、外食っていうものがとても楽しみやった。それまではどこに行くのもにぎりめしやろ、金を払って外で食べるなんて習慣がなかったから、それが若かった時は楽しかったんや。

街には、着物姿もおったが、洋服を着ている人や高い靴を履いている人も多く、一緒に働いている友だちと、ポカンと口を開けて見ておった。

『ふじかす紡績』も大きな工場で、ガチャマン（機織り機）が一度大きな音を立てると、チャリチャリんと大金が入ってくると言われとった。それくらい紡績関連の仕事は儲かった時代やった。この工場では、人絹《じんけん》（人造絹糸、レーヨンのこと）の糸を紡いどった。真綿でも木綿でもなかった」

ここで三カ所目の出稼ぎ。仕事にも慣れ、外で暮らすことも慣れてきた時、父親の影次が亡くなった知らせが届いたという。しかし名古屋から簡単に帰ることはできず、結局、死に目には会えなかった。四一歳という若さだった。

名古屋ではデパートなど大きな建物がたくさんあって、街に人が行き交っていた。年頃の娘にとって、都市の暮らしはどのように映っていたのだろう。このまま街に暮らしていきたいと思っても不思議ではない。徳山からは想像もつかないほど煌びやかな別世界が、ここ名古屋にはあった。

結婚――開拓の地、北海道真狩村へ

「結局、名古屋の『ふじかす紡績』に毎年冬場、厄介になってな。もう二四歳になっとった。遊びたい盛りやし、冬場だけでも街の暮らしが楽しかったしな。出稼ぎが待ち遠しい気持ちになっとった。今と違って嫁いでもおかしくない年頃でな。そんな時期、突然、写真が送られてきたんや。お見合いの話やった。

その相手は、『橋本司』という見たことも会ったこともない男の写真やった。

その父・橋本佐次郎は、徳山村門入の出身でな。北海道の開拓で、一番に村を出た人やった。でも冬になると北海道も農閑期で仕事がなかったらしく、わざわざ北海道から徳山村まで戻ってきては、娘たちを紡績工場まで案内する仕事をしとった。わしらが最初に働きに行った彦根で迎えに来た人が、その佐次郎さんやったんや。当時はそんなこと知らんでな。

北海道虻田郡真狩村は、徳山村の門入地区の人たちが開拓団を結成し、明治三六年に入植した土地だということを知った。

「将来、息子の司には、どの嫁がいいかいろいろと調べとったらしい。最初はわしの妹のウメが希

若かりし頃の司さん。何歳の頃の写真かわからないが、
そのまま年を取った感じだ

望やったそうだが、なぜかわしにすり替わったようやが、その理由はわからん。

司の写真を見て、ええ顔をした男やと思ったが、まさか徳山村から北海道に嫁ぐことなんか考えもしとらんかったことやで、少し戸惑ったんや。

行ったこともない土地やし、どれほど遠いところなのか、想像もつかんかった。紡績工場で北海道から来たという人から話も聞いておったから、未知のところではないことだけはわかっておったつもりや。でも親も行けというし、向こうからもぜひ来てくれって言うし、北海道に行きさえすれば、広い土地があって食っていくには不便はないらしい。昔は親が持ってきた縁談に逆らうということは考えられんことやったで、そういう話が来たら断る理由などなかったんや。そうするしか選ぶ道はなかった。

縁談は二つ返事で決まり、司の父・佐次郎さんが北海道の真狩村から、再び徳山村までわしを迎えに来てくれたんや」

昭和一八年、ゆきえさんは司さんと結婚した。昭和一四（一九三九）年から始まった第二次世界大戦の真っ只中だった。

「嫁げば二度と徳山村には帰ることはないやろうなって思った。近所の人とも二度と逢えんやろうし。北海道は遠いところやで、行ったら行きっぱなし。すべて向こうの家族に委ねるしかなかった。荷物は風呂敷に着替えを入れただけやった。出発の日を皆に知らせとらんかったから、見送りなんか誰一人おらんかった。それでよかったんや、わしも決心したことやし。今日が徳山村の見納めや。

ホハレ峠の入り口で、最後やなと村を眺めたんや」

今の結婚観とは違い、恋愛話などはこの世代からほとんどは聞こえてこなかった。デートすることなどそんな余裕もなかっただろうし、それが不謹慎な行動と言われても不思議ではない。こうして親の考えのまま縁談が決まっていったのだろう。

今の北海道とは、距離や感覚が全く違う。交通の便がとても悪かったこともあるが、嫁いで相手の家に入るという女性の決意は、二度と我が家に戻ってくることはないといったものだったはずだ。家族と永遠の別れになる覚悟を決めて村を出たと思うのだ。さらに北海道に向かう戦時中の道中でさえも、どうなるかわからない。しかも開拓をしている土地とはどんなところなのか。乏しい情報だけの不安を抱えたまま、若い娘は周りの言いなりに従うしかなかった。これから知らない土地で過ごし、子どもを産み、生計を立てていかなくてはならない。先の見えない大きな冒険だっただろう。

こうして話を聞けば、昔の人は今の人より野心に富んだ人生に見えた。先が見えなくても知らない世界に踏み込んで行く。保証も保険も担保もない。明日を迎えるために今日をどう生きて行こうかというように。海を越えた開拓地の北海道は、そんな気持ちを持って行った場所だったはずだ。そして女性は、男性より度胸のある生き方ができるものだとつくづく感じる。どんな場所でも適応し生きていけるたくましさを持っている。しかも、旦那となる司さんと一度も会ったことがない。それくらい強い人だった。

佐次郎さんとともに、ホハレ峠を抜け、坂内村の川上に出て、滋賀県木之本まで出た。最寄りの駅まで峠を歩けば2日くらぃかかる。

「木之本駅は、急行が止まらんから、停車する米原駅まで戻って、青森行きに乗り換えた。列車は混んでいなかったのが幸いやった。二日間の夜行列車で、父となる佐次郎さんと車中では何も話すことがなかった。時々駅弁を食べながら、窓から見える日本海の風景を楽しんどったんや。金沢、富山、新潟、秋田と聞いたことのある街を越えて行った。SLの煙で窓をしめとっても何となく顔が黒ずんだ。

青森駅に到着し、青函連絡船に乗り換えた。海を越えるのは初めてやった。わしは琵琶湖を初めて見た時、海や！って思った程度で、本当の海はもっともっと広かった。

青森駅のホームからそのまま青函連絡船に乗り換えられる。港とホームが直接繋がっている便利な駅やった。北海道に行く者なんか、誰もおらんぞと村の人たちに言われておったが、本土から北海道を目指す人がこんなにも多いのかとびっくりした。青函連絡船は大変な人ごみやった。

函館駅も青森駅と同じように、汽車との乗り場が繋がっていて、そのままなだれ込むようにして汽車に乗り換えていた。狩太駅《カリフト》(現在のニセコ駅)まで汽車で行った。駅に到着すると、大勢の人が行ったり来たりして、駅前は活気があった。

親戚になる人が三人、迎えに来てくれとったんや。夫となる司とも駅前で初めて会った。器量の良い印象の男や。狩太駅からトロッコのような小さな汽車（殖民《しょくみん》軌道）に乗り換えて、真狩村に向かうことになった。

朝の津軽海峡。青森から函館に行く途中で撮影した

現在のニセコ駅。昔は狩太駅といった

寒くもなく暑くもなく、一番いい新緑の季節に北海道に来たで、気分が高ぶったんや。本当にえぇところに嫁ぐんやと思った。真狩村まではのんびりと走る小さな汽車で、目の前の大きな山を左に見ながら真狩駅に到着した。その山は羊蹄山《ようていざん》（蝦夷富士《えぞふじ》）という山やった。

徳山では山が影になり、谷底に集落がある印象やが、北海道はとにかく平坦な土地が続き、何より明るく空が広かった。終点の真狩駅から今度は馬車に乗り換えた。司が馬を引いとった。これから暮らす家の住所は、真狩村桜川五一一番地。名字も廣瀬から橋本に変わったんや」

僕は「真狩村桜川五一一番地」という住所を探しに、あてもなく北海道に飛んだ。

新千歳空港から車で約二時間で真狩村についた。スキー場や遊園地などがあるリゾート地の留寿都《るすつ》村を越え、静かな真狩村に到着すると、羊蹄山が目の前にそびえ立っていた。連山ではない羊蹄山は、際立って大きく見えた。

とうもろこし畑やジャガイモ畑が広がる丘陵地を一本の道が伸びている。北海道らしい風景が続くが、ゆきえさんたちの時代、この丘陵地帯も、どこまで開墾が進んでいたのかわからないが、もっと見通しの悪い風景ではなかろうか。丘陵の畑を見ると、開拓した人たちの苦労を想う。

北海道の住所は探すのがとても大変なのがわかった。人に聞いても、隣近所の距離が離れていて、区切りがわからないと言われ続けた。でも桜川という地域だけはすぐにわかった。真狩村の中心地から四キロほど離れ、車で一〇分くらいのところだった。さてここから『五一一番地』をどう探しあてるか。

春の羊蹄山（蝦夷富士）。1898 メートル。真狩村より

僕はこういう時、ネット情報を極力避ける。周囲の人に聞きながら探してゆくことで、その地域の雰囲気が大筋みえてくるからだ。そして、探しているという行為が、相手に伝わることで、インタビューとは違う会話が生まれたりもする。それを楽しみたいから、手当たりしだいインターホンを押してまわった。

桜川地区に公民館があり、廃校になった小学校とお墓と数件の農家とこの村出身の演歌歌手の細川たかし氏の銅像があるだけで、他には何もない静かな地域だった。きっとここが桜川地区の中心なのだろうが、温泉施設があるだけで、ほかに店らしい建物もなかった。

ゆきえさんが嫁いだのは、二四歳だから昭和一八年の時だ。ある程度年齢を重ねた人でないと当時を語れる人はいないだろう。

桜川五一一番地に暮らし、橋本司、ゆきえ、そして徳山村出身。それだけしか探し当てる手掛かりがない。畑で働いている人に尋ねてみたりしても、誰一人としてヒントになりそうなことを教えてくれる人には出会わなかった。徳山村という地名すら聞いたことがないと答える人ばかりだ。一世代前の話だから、それも当然のことだと思う。

桜川の中心地から少し離れた高台に、知来別《ちらいべつ》小学校の廃墟があった。年季の入った木造の校舎で、もう何年も前に閉校した感じでひっそりとしていた。閉校式があったその日から、時間が止まったようだった。

知来別小学校。桜川地区の中心にあるが、現在は校門しか残っていない

新婚当時の橋本司・ゆきえ夫婦。狩太（現・ニセコ）の写真館で撮った。
司25歳、ゆきえ24歳

今井磯雄・敏子夫婦との出会い

知来別小学校跡地の前に暮らすお年寄りがいたので声をかけてみた。

「岐阜県の徳山村という場所から真狩村を開拓した先人たちについて調べているのですが、何かご存知のことはありませんか?」と尋ねると、「その話、先代から少し聞いたことがある。岐阜県の人たちのことじゃないか? でもそれ以上のことは興味がなかったので聞き流したな。きっと不動産屋の今井さんなら何か知っているかもしれないから、尋ねてみたらどうだ」と、今井さんという人の自宅を教えてくれた。

「今井……」この名字を聞いて、少なからずなんらかの関わりを感じた。なぜならば司さんの弟は、今井義行という名前だし、徳山には今井の姓が何軒もあるからだ。すぐさまその不動産屋を尋ねてみることにした。

玄関をノックすると、疑わしい目で僕を見るおばあさんが「何の用ですか?」と恐る恐る玄関を少しだけ開けてくれた。

「岐阜県の徳山村から来た開拓団を調べているのですが、何かご存知ではないかと思って」と声をかけたら、すかさず「お父さん！　徳山村からお客さんだよ！」と大声でご主人を呼んだ。

「なに？　徳山村だと！　おいおい本当か」。血相をかえておじいさんが走ってきた。何かあるかも知れないと思った。

「僕は徳山出身ではないですが、村のすぐ近くから来ました」

「若いあんたが、徳山村の何を知っているというんだ？」

「橋本司さんとゆきえさんというこの辺りに暮らしていたはずの夫婦のことを調べているんです！」

「ん⁉　あの二人のことを、あんたは知っているのか？」

「はい、よく知っています」

ぎょろっと僕を見つめ、「ちょっと中に入れ！」と言い、自宅の応接間に通してくれた。今井磯雄さんと妻の敏子さんだ。行き当たったかもしれないと心が躍った。

応接間は整理整頓されていて、敏子さんの几帳面さを感じた。

「どうやってこの家にたどり着いたんだ？」

「何軒も訪ねて、ここなら何かわかるかもしれないと地元の人が教えてくれたので」

「よく来た！　本当によく来てくれた。ここで正解だ。ここしかないんだ。徳山村の開拓の話だったら、この村でわかるもんは俺くらいのものだ。司とゆきえだろ、よ～く知っているよ。なんて懐かしい名前なんだ！　よく来てくれた！」　僕は興奮し、思わず声を上げた。そして鳥肌が立った。

今井磯雄さんと敏子さん夫婦。この二人との出会いがなかったら、
北海道での橋本夫婦のことを知ることができなかった

「この地域は、あんたが言うように、たしかに徳山村の門入の人たちが入植したところだ。今じゃその親族は、札幌に出て行ってしまったか、みんな死んでしまったからな。それにしてもよく来た！」と事務仕事をそっちのけにして、大歓迎をしてくれた。

「徳山村の人たちの話を聞きに来たんだろ？」

「ゆきえさんに話を聞いてきたのですが、真狩の思い出が多いようでした。僕はこれ以上わからないので、思い切ってこの村に探しに来たんです。何か手掛かりがあるのではないかと思って」

「真狩村の思い出？　そりゃそうだろう。何たってここは開拓の地だし、あの二人は新婚で苦労したからな。忘れられない場所だと思うよ。俺は、司さんとは年が一〇歳以上も離れているから、一緒に遊んだりするような関係ではなかったが、ご近所のいいお兄さんのような存在だったよ」

「私は、実家が橋本家のお隣だから、幼い頃、親戚のように付き合っていたわよ」と妻の敏子さんが話に入って来た。

「司さんのお父さんは佐次郎さんと言って、厳しいところもあったが、人を笑わそうとする滑稽な人やった。子どもだった私たち兄弟をよく驚かせたりして、子どもには大人気やった」

司さんもお茶目で面白い性格だった。親譲りなのかもしれない、とその話を聞いて思った。

「ゆきえさんが嫁に来た時のことを今でもよく覚えとるよ。恰幅のいい、色白の美人やった。夫婦とも物静かでな。私がたしか、小学校5年生の頃だったかな。背の高い人が嫁いできた。その姿を見に行ったもん！」

「お見合いの時に撮った写真や」と言っていた。
たしかに恰幅がいい

「桜川五一一番地っていう住所はわかりますか?」

「それ、橋本家の住んでいた場所の住所だな。母ちゃんの実家の隣だからすぐにでもいけるよ。なあお前!」

お茶を準備してくれている妻の敏子さんが、「そこへ連れて行ってあげたら?」とありがたい一言。

「よし! 今から連れて行ってやるか!」

愛想のいい磯雄さんに甘え、ついでにこの辺りの地域も案内してもらうことになった。まず目指した先は、念願だった真狩村桜川五一一番地だ。

今井さんの自宅から、羊蹄山を背にまっすぐ山に向かって進む。そして途中を左に入っていく。農家の前を通過すると、道は未舗装に変わり、一直線に森に向け伸びていた。そこから先は人の気配はない。5分くらい走ったところで小川を越えた。

「ここ、私の生まれた家があったのよ」と妻の敏子さんが言った。

「ここから坂を上った先が、お隣の橋本さんの家だったのよ」。木が覆いかぶさるトンネルのようになった坂道を登りきると、目の前がパッと明るくなって、広大な土地が広がっていた。

「橋本さんが耕していた土地は、ここだよ!」

胸の鼓動が高ぶるのがわかった。一体どれくらいの広さがあるのだろう。何町歩あるのか検討もつかなかった。

左のほうを見ると、羊蹄山がきれいにそびえ立っていた。そこに白樺の木が植わっていた。僕はその木を見て震えた。
「家の裏にまだ小さな白樺の木が三本ほどあってな」というゆきえさんの言葉を思い出したからだ。この白樺の木がそうだと思った。ゆきえさんの話は、七〇年ほど前だから、年輪の数もだいたい想像ができた。ゆきえさんが言っている方角も風景も、すべてが一致していた。

すると、敏子さんが、「たしか自宅はここにあって、牛舎や工場はあっちのほうだったわ」と指をさした。間違いない、ゆきえさんが言っていたこととすべて方角が同じだ。変わったと言えば、周りの森の木々の背が高くなったことくらいだろう。そしてこの土地は現在、人の手に渡り、放牧用の土地として綺麗に牧草地になっていた。

徳山村から嫁いだ二四歳の時に、ゆきえさんはどんな決心をして、この土を耕したのだろうか。徳山村を出る時、村は見納めだと思ったと言った。北海道で骨をうずめることになるだろうなとも言っていた。しかし人の人生は想像もつかない変化をもたらしたりする。

僕は今、司さんとゆきえさんが耕し続けた大地に立っている。徳山村の先人たちの夢の土地だ。僕はまったく同じ風景を見ている。きっと色も匂いも変わらないだろう。どんな生活をし会話をしていたのだろうか。心の奥底から感動がこみ上げてきた。

「次は真狩村の駅に行こう」と車を村の中心地に移動させた。この道のりを司さんが馬車に乗り、嫁いで来たゆきえさんを迎えに来ている。当時は舗装などされていなかったはずだ。およそ一〇分。真狩村の中心らしき交差点に差し掛かった。コンビニもガソリンスタンドも村役場も図書館も学校

北海道虻田郡真狩村桜川 511 番地。現在は、放牧地として人の手に渡っている。
ここを耕していたのかと考えるだけで、涙が流れた

も食堂もあった。そして農協もある。「ＪＡようてい生産資材拠点センター」と倉庫の壁に書かれてあった。

「ここに駅があったんだよ。真狩駅だ」。その先には、一本の細い道がニセコの方向に真っ直ぐ伸びている。

「そうなんだよ、この道が橋本家が乗った鉄道の跡なんだよ」

調べてみると、その鉄道はトロッコという呼び名ではなく、殖民《しょくみん》軌道と当時は呼んでいたそうだ。その名前からもわかるように、移住者用の専用軌道だった。広大な土地を求め、みんなが乗り合わせたことだろう。

車がすれ違えないほどの道幅で、当然、線路は剥がされ、道になっている。舗装されている箇所もあれば、未舗装もある。不自然なほど周りの道を無視して、網の目状の中を、斜めに突っ切るように走っていた。間違いなく線路が敷いてあった、不自然な風景を感じた。

ゆきえさんが初めて北海道に来て、この広い風景を見ながら、殖民軌道に揺られていたのだろう。狩太（ニセコ）から真狩までおよそ四里（一六キロ）ほどあった。羊蹄山が本当に美しく、道路では狐が愛想よく僕を見ていた。ゆきえさんが初めて見た真狩村の風景。どんな夢を抱きながらこれからの新婚生活を営んで行こうと考えていたのか。考えるだけで僕は自分の顔がほころんでいるのがわかった。

車で少し寄り道をしながらニセコ駅前に到着した。

狩太駅（現・ニセコ駅）に向け、まっすぐに伸びる元殖民軌道跡

駅付近は、洋風の住宅が立ち並んでいた。当時を思わせるような建物はあまり残っていないようだ。岐阜県に限らず、日本各地から多くの人が夢を持ってこの駅を下車したことだろう。ゆきえさんも到着した時の活気があった当時の記憶を話していた。

ニセコで開拓当時の資料を見ようと、有島武郎記念館を訪ねると、にぎわう街やニセコ駅前の写真が展示されていた。全国から集まっていた人、人、人、で溢れかえっていた。想像以上に賑やかな写真を見ることができた。その頃の狩太駅(現・ニセコ駅)は、開拓の入り口の一つでもあったのだ。

「桜川五一一という住所は、真狩村の中心地から二里くらい離れておった。細い砂利道の両脇は、延々と広い大地が広がっとったんや。徳山では考えられんほどの広さがあった。見渡す限りの畑やったで」。ゆきえさんははじめての真狩村の印象を話した。

現在はニセコまで、丘陵地帯をのどかに走る道になっていた。

「嫁いだ家がボロボロやったのには驚いた。古いバラックやった。徳山の家のほうがよっぽどいいと思った。内心、この家に暮らし続けるのは辛いなって思ったが、言葉にはせんかった。

橋本家は、父の佐次郎、母のぬい、夫になった司、弟の義幸と妹が二人おった。そこにわしが嫁いだというわけや。義理の妹たちはその後結婚し、伊達市と狩太に嫁いだ。

親戚や近所の人たちを呼んでちょっとしたお祝い会をしてくれたが、ジャガイモを植える四月末やったで、お祝いどころやないほど忙しい時期やった。すぐにわしも畑に駆り出されたんや。

真狩村はじゃがいものでんぷんの生産量では北海道で有数の地域やった。片栗粉になるんや。と

ニセコ駅前。羊蹄山を望む

にかく広大な土地で、じゃがいもを植えるだけでも何日もかかるほどやった。ジャガイモやとうもろこしやかぼちゃなど、何キロどころではない、一家で何トンという収穫量で、徳山村とは比べものにならん豊かな土地やったんや。

でんぷんを作る大きな機械は、大型のおろしがねのようなもので、イモが転がりながらすりおろされていくんや。でんぷんは水の中で下に沈殿していって、朝までほうっておくと、金槌で叩かんと割れんほどカチカチに固まる。それを砕いて、薪に火をつけ乾燥させるんや。真っ白な岩のようやった。

この辺りは、男爵イモではなく、べにまるという品種を作っとった。べにまるは、地肌が少し赤く、男爵より歯ごたえがあり、本当にうまい品種やった。みんながイモばっか農協に持ってくるもんやから、イモの収納庫のコンクリートの壁が壊れてしまったって言っておったのを覚えとる。

わしんとこは、家族が多かったでなんとか自分たちだけで農作業はやりくりしておったが、周りは出稼ぎに来とるもんを雇って、住み込みで手伝ってもらっとったようや。わしんとこで作っとったのは、かぼちゃ、とうもろこし、大豆、でんぷん、ジャガイモ、蕎麦やった。

とうもろこしは、乾燥した実だけでも一五俵。米は八反あって四〇俵くらい収穫があった。だから一反で五俵ほど採れとることになるで、徳山より一俵ほど多かったな。米は半分ほど農協に出した。蕎麦も一五俵くらいあってな。刈らんうちから雪が降り始めて、真っ白になって、見えんようになってまってな。徳山より雪が降るのが少し早かった。一〇月に真っ白になった時もあったで。

大豆なんか、凍った雪の上で、馬ソリを使って収穫しとったで、歩かんでよかった分、楽に刈り取りができたな。

徳山村のことを思うと、信じられんくらいの収穫量やった。土地があるっていうことがどれほど豊かなことかって実感したわ。農家にとって土地は宝や。

徳山村では小さなイモを少しづつ、分けあって食べとるようなもんやった。米も余裕がなかったから、稗や粟を混ぜて食べる時もあった。みんな苦労しとるやろうなって、よう徳山村に暮らす人のことを思い出してな。

牛もおり、馬も二頭おったで、その餌も作らなあかんかった。『エンパク』と言って、麦のようなもんや。それを作るだけでも広大な土地やったで。羊も三頭おってな。春に毛を刈って、羊毛をとっておった。寒いで毛糸はとても大切やったんや。冬場の仕事がない時は、毛糸を紡いだり冬の仕事もいっぱいあったんや」

ゆきえさんから北海道の話を聞いていると、働いた分の見返りが徳山よりはるかに多かったようだ。その代わり、考える時間もないほど必死で働き、休みなんてほとんどなかったことだろう。

真狩村の開拓の歴史を調べてみると、徳山村門入出身の今井茂八さんが明治三六年（一九〇三年）に岐阜団体の代表として、真狩村に入植したと記されてあった。その時の戸数は六戸で二一人だったという。

開拓団長の今井茂八さんって、一体、どんな人なのだろう。たしかに「今井」という姓は徳山村に多い。そして、磯雄さんと敏子さん夫婦も今井だ。

徳山村から一家全員を引き連れ、しかも他の家族までも連れて行こうとする度胸だ。自分だったら絶対に辞退する。当時、北海道なんて未開の地だったはずだ。そこへ女、子どもまで連れていく、命をかけた大移動の責任者だ。昔の人のバイタリティは、現代人からすれば考えられない。人生をかけた移住だったに違いないし、徳山村には二度と帰ってこられない覚悟で出発したはずだ。想像もつかない過酷なものだっただろう。どんな組み合わせの仲間たちだったのだろうか。

どこかに茂八さんの親族がいるのではないかと思い、徳山村出身の長老たちに聞いたことがないか尋ねてみたが、僕の周りには知っている人は見当たらなかった。一〇〇年以上も前の話だから仕方ないことだとは思うが。

もしかすると開拓以来、徳山村から親戚一同が出て行ったままなのかもしれない。再び真狩村の今井さんを訪ね、今井茂八さんのことを尋ねてみた。

そして、すごく驚いた。

「あれ、言わなかったっけ？　茂八は、わしのおじいさんだ」とあっさりと答えた。

「ということは、磯雄さんは、孫ですか？」

「そうだよ」と爽やかに笑った。

「はぁ〜、早く言ってくださいよ。岐阜でも探したのですが、行きあたらなかったんですよ」

「そりゃそうだよ。茂八の直系の親族は、その後もずっと北海道で暮らし、徳山村との行き来はなくなったからな。茂八じいさんが、徳山村から開拓に来る明治三六年、わしの父親は六歳だったそうだ」。おんぶしてこの真狩村に入植したという。入殖当時の写真は、残念ながら一枚も残っていなかった。

集落の中心にある墓地に今井家の墓がある。そこに「今井茂八」の名が記されてあったのだ。行ったり来たりと段取りの悪い取材が続くが、一つ一つが繋がっていく喜びは、あっさりわかるよりずっと大きな収穫を得た感じがした。たしかにこの地に徳山村の痕跡や足跡がある。こうして点だった歴史が、線になりつつあることに少しずつ感動を覚えた。

司さんとゆきえさんが結婚したのは、戦時中の頃だ。よく考えたら徳山村から汽車に乗り、そして海を渡るだけでも命がけだったのではないだろうか。

ゆきえさんが淡々と話をする中に危機感を感じることはなかったが、車窓から見える街の風景は、どんなものだったのだろうか。この時期にゆきえさんが年頃になっていたタイミングもあるだろうが、それだけではなく司さんの出征を覚悟していた橋本家にとって、結婚を急ぐこのタイミングは子孫を残そうとする大きな意味があったのではなかろうか。

「太平洋戦争がしだいに激しさを増していった時代や。田舎だった徳山村でも真狩村でも空から狙われることはないだろうが、世の中の様子がだんだん変わってきてな。司にも赤紙が来た。そして茨城県に駆り出されたんや。しかし体が弱いということで、戦場に行くことはなく、すぐに真狩村

茂八さんは、ゆきえさんが嫁いだ翌年に亡くなっていた。必ず接点があったはずだ

に帰ってきた。これで司は命拾いしたんや」

その混乱期、橋本家に満州移民の話があったと聞いている。

「司さんは行く気でおったらしいが、ゆきえさんが拒んだようやった。司さんが三頭は買い集めて準備を進めていたが、戦時中の混乱期や、いろいろな条件が変わってしまってな。結局、牛も集まらず行けなくなったんや。その集めた牛を、使わなくなったから買ってくれ！と今井家に売り戻しに来て、そのうちの一頭を買ってあげた。その牛の乳がよう出てな。それくらい橋本家とは家族のような付き合いやったんや」


「司さんは行く気でおったらしいが」の前に、「四〜五頭を現地に持っていかなければならなかった。」


僕には満州移民するという感覚が理解できなかったが、橋本家はすでに徳山村から北海道に土地を求め開拓に来ているくらいだから、違う地域で暮らすことは、経験していない家族より、前向きだったのではないだろうか。真狩村から引っ越すほど、満州にはいい条件があったのだろうか。

真狩村の土地は、司さんの父・佐次郎さんの開拓した土地。そこに国策で満州への移民の話が舞い込んできたと思うのだ。その中で司さんは自分の家族の土地を求めようとしたのではないだろうか。

この当時の人は、行き当たりばったりというのか、現地に行けばなんとかなるだろうという冒険心が強い。その生き様はあまりにもたくましい。もし満州に移民していたのであれば、終戦後、大変な事態になっていた可能性もある。橋本家の将来も大きく変わっていたことになっただろう。

長男・陸男

ゆきえさんが神妙な面持ちで、再び話し始めた。

「あれは、戦時中のことやった。わしに待望の初子が生まれたんや。可愛い男の子やった。その子の名前を『陸男《りくお》』と名付けた。陸男というのは、陸軍の偉い人の名前をもらってつけた。陸男が、手を叩いて音に合わせて体を動かしたり、声を出すようになってな。一生懸命つかまり立ちをするようになった。畑仕事をしていても、外が見える縁側でちょこんと座ってわしのことをずっと見て待っとるんじゃ。愛らしくて、愛らしくて可愛い子やった。疲れなんか吹き飛んだもんじゃ。

ところが、二歳になった誕生日当日の出来事や。いつもと変わらん朝を迎えたんじゃが、わしが抱っこしとる手の中で、突然動かんようになって意識がなくなって、その後死んでまったんや。

わけがわからず、発狂しそうになってな。可愛い盛りだっただけに、本当に苦しかった。病院が近くにあるわけでもなく、手の施しようがないんじゃ。動かん、動かんって泣き叫んでな。陸男は泣きもせんし、笑いもせん。とにかく動かんのや。しばらくはその状況を受け入れることができんかった。

当時は『虫』が入ったって言っておった。寄生虫のようなもんが、腹の中に入って子どもがようけ死んだ時代でな。世間でも子どもの突然死が流行っておったんや。きっと陸男も同じ病気にかかってしまったんやろうな。倶知安《くっちゃん》まで行かなければ医者はおらんし、診てもらっても特効薬のようなもんが、あったのか無かったのかわからん時代で、本当につらい思い出や。

前日まで元気に笑ったり、泣いたりしとったんやぞ。嘘のような現実で、目の前が真っ暗になってまってな。ショックでしばらくは頭から離れず、立ち直ることもできんかった。陸男の墓は、石ころを置いたような粗末なもんやったで、今ではどこにあるのか、まったくわからんな。

陸男が死んだ日、司は博打（トッパ）をやっていて、前の日の晩から帰って来んかった。翌朝になってふらふらっと帰ってきてな。司もびっくりしたやろうが、親として許せんかったんや」

僕と対面しながら、その話を続けるゆきえさんは頭を抱えていた。七〇年以上の昔のことでも、自分の子どもとなれば、記憶が薄れることはないのだろう。ついこの前のことのように話し続けた。

おもむろに、座っている後ろにあった戸棚の引き出しに手を伸ばし、一枚の写真を僕に見せた。そのモノクロ写真には、満面な笑みの陸男ちゃんが写っていたのだ。僕はこの話を聞くのも初めてだったし、この写真も見たことがなかった。まさかこんな写真が存在するとは。

狩太（ニセコ）の写真館で撮ったのだという。これほどの昔の写真がいつも手に届く引き出しに置いてあるということだけでも、陸男ちゃんへの愛情を感じた。母としての思いは、永遠に消えることはない証だった。ゆきえさんが北海道へ想いを馳せるのは、新婚のことや働いたことよりも、陸男への想い、そのものではないのだろうか。その写真を複写し、再び真狩村の今井さんに見せに行った。

「その写真は、まさか陸男か？　間違いない陸男だ。なんでこの写真を持っているんだ」

「ゆきえさんが、肌身離さず持っていたんですよ」

「そうだったか、そうだったのか。ずっと思いつめていたんだな。ゆきえさんは」と言いながら、今井さんも当時のことを思い出しているようだった。

「B29が大きな音を立てて、上空を通過して行った。山の向こうへ行けば、室蘭市があったからかな。わしが畑で土を耕しとる時のことや。たしか終戦の年の7月やったな。「ドン！ド・ド・ドン！」と、地面から突き上げるような地ひびきがした。その大きな音のような振動は、山の向こうから響いてきたんや。室蘭市の方角やった。今でもはっきりと覚えとる。

後からわかったことやが、室蘭市が艦砲射撃（一九四五年七月一五日／死傷者四八五名）にあったそうや。海沿いの鉄工所で兵器などを作っておったから狙われたんじゃろ。たくさんの人が亡くなったと聞いとる。

数日が経って、防空ずきんをかぶった人たちがぞろぞろ真狩村まで歩いてきてな。うちによう乳の出る牛がおって、一升瓶に牛乳を入れておくと、それを下さいってみんなお金を置いていってくれてな。時代が時代じゃで、そのお金のおかげでわしらも助かったんや。靴とか服とかを持ってきて、米に交換した人もおったな。その点、わしら農家は金はなくても食料だけはあった。空腹にな

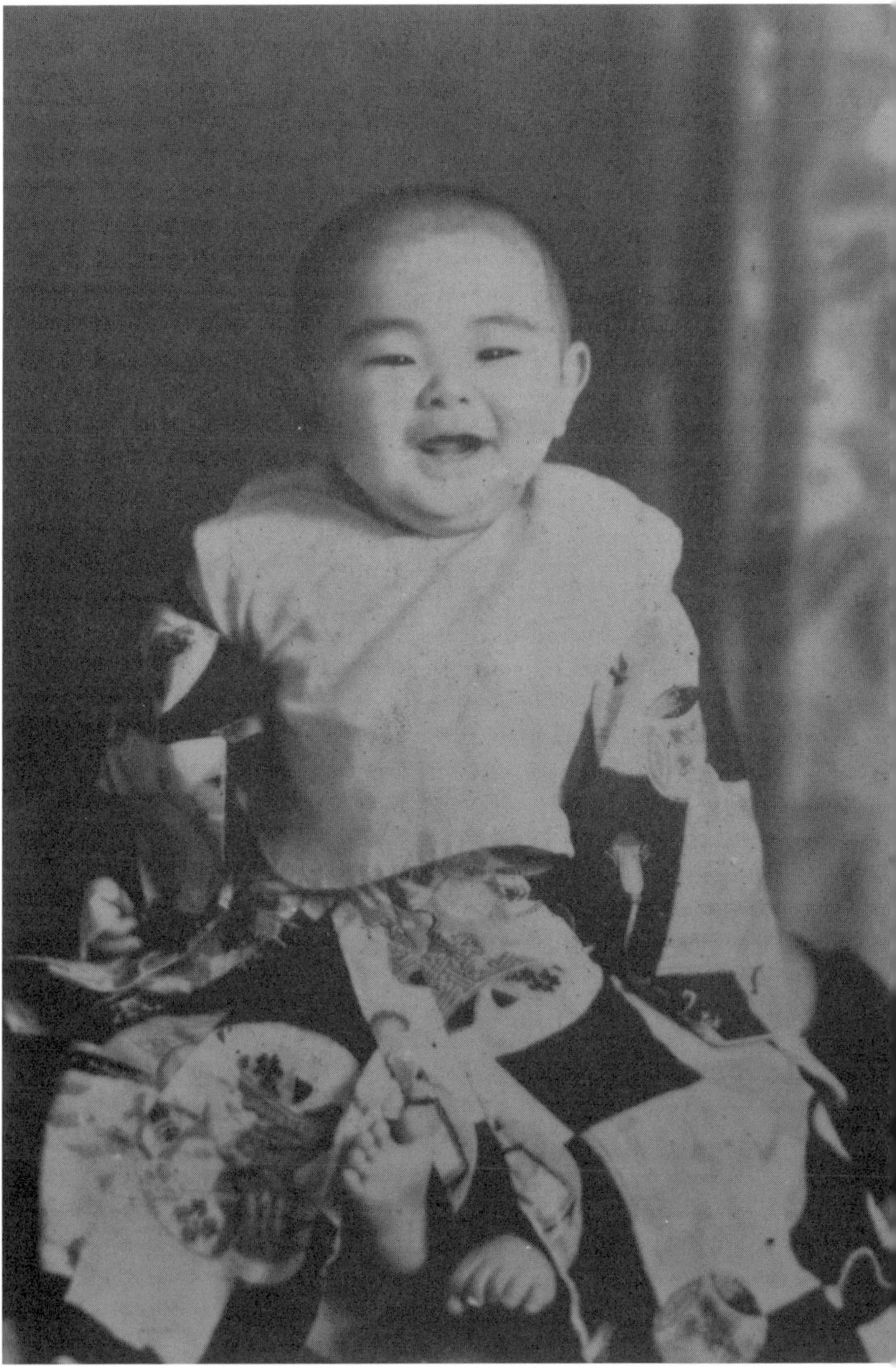

唯一残る長男の陸男の写真

ることはなかった。街は便利だとは思うが、でもこういったときは苦労が多いな。

ラジオの前で、日本が戦争に負けたことを知った。爆弾を落とされんかったから、真狩村の風景は、終戦後も何一つ変わらんかった」

展望の良い尻別岳《しりべつだけ》から、留寿都《るすつ》村、真狩村を見下ろした。パラグライダーの愛好家たちが気持ち良さそうに飛び立った。

いつも車で走っていると、真狩と室蘭との距離は遠く、艦砲射撃の音など聞こえないのではないかとゆきえさんの言葉を疑っていた。しかし尻別岳の頂上に立って驚いた。洞爺湖《とうやこ》が見え、その先の室蘭市はすぐ近くだったのだ。B29が羊蹄山を見ながら上空を飛んで行ったことを想像すると怖くなった。北海道は大きいが、このエリアがとても近いことがわかったのだ。羊蹄山の脇を通過し、真狩村のほぼ真っ直ぐの先に室蘭市がある。畑の上空をB29が飛んでいったというゆきえさんの証言が地形的にもほぼ一致する。これなら爆音は聞こえるのではないか。

原生林だったはずの真狩村が、綺麗に区画整理された田畑や道になっている。ここを開拓した一部は、徳山村の先人たちなのだという気持ちで、尻別岳から見下ろした。

僕は、廃校になっている知来別小学校の近くにある墓地を歩いていた。今井茂八さんが眠っている墓地だ。墓石も比較的新しく立派だったので、ここには陸男ちゃんの墓はないだろうと察しがついていたが、何か手がかりがあるかもしれないと思い、一つ一つ墓石に刻まれた名前を見て歩いた。やはり、橋本陸男という名前はない。今井さんご夫婦も、当時、陸男ちゃんが「虫」で死んだと聞

尻別岳の頂上から望む。目の前の山が羊蹄山。山の裾野の村が真狩村。
羊蹄山のわきをB29が通過し、室蘭市を攻撃したという

かされ、ショックだったことを思い出してくれた。

あの日、司さんが家にいなかったことを今井さんも覚えていた。きっとこの辺りでも噂が広がり、大きな出来事になったことだろう。今井さんも、そのときのゆきえさんの苦痛な表情が忘れられんと語った。

今井さんとの出会いは、僕にしてみたら真狩村と徳山村をつなぐ生き証人だ。たった一人の記憶を引き出すことによって、これほどまで現実を想像できる幅が広がるとは。ダムで沈んでしまった徳山村の新たな記憶の鼓動が動き始めたような気がした。僕は真狩村の出来事をもう少し知りたいと思い、さらに何度も今井家を訪ねることになった。

僕はそうしたきっかけを自分なりに納得させないと取材が終わらない性分なのだ。これ以上知って何になるんだと自分によく言い聞かせるが、同じことをくりかえす取材は楽しくてしょうがない。「本当に一生懸命ね。信じられないよ、その熱心さ。自分の親戚でもあるまいし」と敏子さんが笑いながら呆れた顔をする。自分でもそれはわかっていたが、ゆきえさんの徳山村での背景をどうしても知っておきたかったのだ。それは、ゆきえさんの生涯を単に知りたいだけでなく、ゆきえさんがなぜ徳山村に最後まで住み続けたのかという疑問を、すっきりさせたかったのだ。北海道の生活を含め、すべての暮らしにその答えがあるのではないかと取材を続けた。それが僕のこだわりだ。

僕は、陸男ちゃんの墓がどこにあるのかわからないと言っていたゆきえさんの苦しい表情がずっと頭の隅に引っかかっていた。北海道に残してきた我が子を決して忘れていない。それどころかその苦痛な記憶を背負ったまま長い人生を生き抜いてきたと感じた。

再び今井さんに会いに行った時、その話をしてみた。

「陸男の墓は、どこにあるかわからないですか」

「ん〜、さすがにそれはわからんな。でも心当たりは一つだけはある。その代わり墓自体は絶対にわからんぞ。

茂八が眠っている知来別小学校の近くの墓は、四〇年ほど前に立て直したまだ新しい墓地なんだ。そこには陸男は絶対にいない。新しい墓地ができた時には、司さんとゆきえさんは、徳山に戻っていたしな。当時の桜川集落の墓地は、ここから車で一五分くらい行った山の中にあった。かなり不便な場所だからもっと便利な場所にしようと話し合った結果、今のあの場所になったんだ」

その年は、一一月上旬だというのに、ニセコ地方に大雪が降った。道にもかなり雪が積もった。

「四駆のトラックがあるから。連れて行ってやるか。お前ももの好きだね」と笑いながら、昔の墓のあった場所を二人で探しに出掛けた。

「土葬ではなく、当時から火葬だったんだよ。そこで陸男も焼いたはずだ。ただ俺はその葬式には立ちあっていないからそれ以上のことはわからん。でも当時はみんなそこで焼いたから、間違いないとは思うがな。でも藪でとても近くには行けないぞ」

細い山道を走る。羊蹄山がさらに大きく見えた。桜川の中心から、細い山道を走って行く。人家など何もない道だ。今井さんの記憶だけが頼りで、藪になってしまった周りの景色を見ながら車をゆっくりと走らせた。

「この辺りだったはずだが」。僕は助手席の窓を開け山を見ていたら、笹藪の中に何か赤いものを発見した。

「今井さん！　ちょっと、あれ、何ですか」

「おお！　そうだ、あれだ。よく見つけたな。間違いなく火葬場の跡だ」

レンガ造りの火葬場が、藪の中にちらっと見えた。

「この周りに墓がたくさんあったんだ。墓は石ではなく木だったから、それは朽ちてないだろうが、焼き場のレンガは残っていたな。この周辺に開拓の先祖たちの墓地がずらっとあったが、全員が引き揚げられたとは思えんな。陸男のようにそのままになっている人も大勢いるだろうな。きっと徳山村のご先祖様もこの山の土になっていると思うよ。ここで手を合わせて行ったらいいさ！」

もうこれ以上は追跡できないと思った。ゆきえさんも、ここの場所に出会い、手を合わすだけで、どれほど気持ちが救われたことだろうか。せめて線香の一本でも立てたかったはずだ。それを叶えられなかったことは、無念であっただろう。磯雄さんと僕は手を合わせ、いったんその場をあとにした。

「正直なところ、陸男がこの世から去ってよかったかもしれんと思う時期もあったんじゃ。戦争で世の中は混乱しとるし、この暮らしでは苦労ばかりで、幸せにはならんと思ったんや。でも陸男が亡くなった翌年の一九四五（昭和二〇）年に戦争が終わってな。そして、陸男の弟が、翌年にできてな」

陸男ちゃんは、ここで火葬されたと思われる。
この山一帯に、徳山村の人たちが埋葬されているはずだ

今から思えば、その時のゆきえさんの言葉は、自分に言い聞かせているようで、納得しようとする言葉を探していたのではないだろうか。我が子がこの世から去っていいと思う親がどこにいるというのだ。戸棚に陸男ちゃんの写真がすぐに出てくるところからして、いつも思いを寄せていたと思うのだ。机に肘をつき、額をこすりながら、ため息交じりで会話したゆきえさんの表情は重たいものだった。

僕は、ゆきえさんをこの墓地跡に連れて来たいと思った。長い人生のうちで母のゆきえさんが最もやりとげなくてはならなかったこととは、幼い陸男ちゃんに手を合わせながら向き合う時間だったと思うのだ。僕はゆきえさんとの対話に、それを感じていた。

開拓団長・今井茂八に札幌で会えた

もう少し詳しく歴史を知ってみたくて真狩村役場に行ってみた。開拓当時の手掛かりがあるだろうと思ったからだ。総務課を訪ねて村の話を聞こうと訪ねたら、たくさんのパンフレットを持ってきてくれたが、スキー場、温泉、キャンプ場の案内ばかりで、当然そこには開拓の歴史など記載されているはずもなかった。でもゆきえさんが言っているように、でんぷんの産地だということだけは書かれてあった。そして演歌歌手、細川たかし氏の出身地だということも。

奥のほうから分厚い村史を出していただき開拓のページを開いた。そこにはこんなことが記されてあって驚いた。

「岐阜団体」

虻田郡《あぶたぐん》真狩村字チライベツ西四線、西五線中一番の未開地八万八六八〇坪（二九町五反六畝歩《せぶ》）の貸付を出願したのは、虻田郡倶知安《くっちゃん》村基線西五四住居の北内鹿太郎で、明治三七（一九〇四）年五月二日に出願し、同年六月二二日、指令第七七七号をもって許可となった。

貸付期間は、翌三八～四六（一九〇五～一三）年の九か年であった。しかし、この土地は、北内の都合により、明治三八年五月二四日には、滋賀県伊香郡松野村大字松野住居（当時真狩村チライベツ原野西五番）の奥野仙蔵に貸付全地の権利が譲渡された。この貸付地も、大正二（一九一三）年二月六日、分割譲与（西四線、西五線中一番地のうち一九町五反六畝歩を今井茂八へ、西四線、西五線中一番地のうち一〇町歩を今井三造へ）した。

今井茂八は、岐阜県揖斐郡徳山村大字門入出身で、明治三六（一九〇三）年五月、岐阜団体の長として、六戸二〇人を率いてチライベツに入植したのであった。（「第四節移住の記録」）を参照）。

この貸付が全地成功無償付与となったのは、大正二年（一九一三）二月六日であった。

『真狩村村史』（第三編「開拓の経過」）

ついでに明治三六（一九〇三）年五月に、真狩村字知来別《ちらいべつ》（現字桜川）に入植した当時の状況を、『奥野善造手記』から拾ってみた。

（略）北海道開拓者募集仮事務所の説明員の話では、開拓者一戸当たり五町歩の土地を貸付して、三カ年間に五〇％の開墾をすれば、その時に付与検査をして合格すれば、その人の所有地になるとの説明であり、数百年前から受け継いだ土地を後にするには、種々問題があったが、一戸当り五反か六反の水田と山畑を、少し耕作するより、広い北海道へ開拓者となって行く相談を重ね、遂に今井茂八殿を団長に、今井茂八家族六名、廣瀬岩次郎四名、奥野忠五郎三名、今井茂三郎四名、橋本佐次郎二名、今井三造二名、計二十一名で出発することになり、北海道に行ったら、もうこの世で二度と会うことはできないと、皆語り合い水盃をして別れ、舞鶴港から水車船に乗り込み、小樽港へ向かい十五日間の船旅をした。波が高くなると船に水が入るので、男衆は甲板に出て水はきをしたと聞いている。小樽に入港し駅から狩太駅まで長時間をかけ到着した。開拓員の説明もあり、現地には雨を凌ぐ家もないので、皆で協議し、若者を選抜して先に現地に送り、雨凌ぎの拝み小屋を作ることになり、後は女子供の手を引いて、皆で荷物を背負いチライベツ川に沿って細道を歩き、途中で野宿をしながら現地に着くと、桜川の川原に笹で拝み小屋ができており、共同炊事を始めて開拓生活の第一歩を踏み出したのである。

奥野善造は元道議会議員である。

前記集団の代表である今井茂八は、岐阜県揖斐郡徳山村門入第二三〇五番地の出身であった。

『真狩村村史』（第三章「移住の本格化と開拓」、傍点は引用者）

真狩村村史には、開拓民の一人として『橋本佐次郎（二名）』の名が記されてあった。佐次郎氏とは、司さんの父親のことだ。そしてゆきえさんを嫁にくれないかと、真狩村から徳山村まで迎えに来た人物だった。

北内鹿太郎氏の都合によって、滋賀県に暮らす奥野仙蔵氏に土地が譲渡されたと記されてあるが、奥野仙蔵氏とは一体誰なのか？

当然ながら次から次へと知らない人物の名前が出てくる。

奥野仙蔵氏と北内鹿太郎氏との関係性まではわからなかった。しかし奥野仙蔵氏は、明治三六年に滋賀県団体の団長として、北海道の江幌に一五名を引き連れ入植している人物だった。岐阜団体の中に書かれている同じ名字の奥野忠五郎氏三名（本人、妻のたか、長男の忠治）は、調べてみると仙蔵氏の兄一家であることがわかった。しかし忠五郎氏は、岐阜団体に属しながら、真狩村に行ったものの、家族を村に残し、弟の仙蔵氏が開拓をしている江幌に行っているというのだ。真狩村に残された忠五郎氏の次男は、のちに北海道議会議員になった奥野善造氏である。

しかし疑問は、なぜ滋賀県の奥野家と岐阜県の今井茂八さんが繋がったのかということだった。わずかな資料を読み込んでいくと、その理由は簡単だった。奥野忠五郎氏の妻・たかさんが徳山村門入出身だったのだ。しかもたかさんは、本家・今井家から出た嫁だったのだ。

なぜ滋賀県に暮らしておきながら、奥野忠五郎一家は、滋賀団体ではなく隣の岐阜団体に参加し、北海道を目指したのかということが一つの疑問になっていたが、僕が想像するに、忠五郎氏が一緒であるならば、奥野家の開拓の経験や情報収集など、いろいろな不安が解消されるというのがあったのではないか。

その岐阜県団体の団長に任命された「今井茂八」とは、たかさんのお兄さんにあたる人物だ。そうなれば、親戚同士の会話はだいたい想像できる。団長の今井茂八氏とは、一体どんな人物なのか。きっとその後の親族が北海道に残っているはずだと思い、今井磯雄さんを再び訪ねた。

「茂八さんの長男の親族は真狩村から出て札幌に暮らしているよ。でもひ孫になるから詳しくはわからんと思うが、連絡を取ってみようか?」

　磯雄さんはすぐさま、茂八さんのひ孫に電話をしてくれた。磯雄さんの甥にあたる人物だ。

札幌市郊外。西区の住宅にそのご家族が暮らしていた。バスの到着時刻を見込んでか、玄関先で待っていてくれた。気さくなご夫婦で、仕事も引退されている年齢だった。

　今井善了さんと美智子さんご夫婦。茂八さんからすると四代目のひ孫に当たる。家の中に案内され、早速仏間に通された。

「茂八さんだ!」すぐにわかった。凛々しい姿の茂八さんの遺影が額に収まっていた。その横には、妻のナカさんの遺影も並んでいた。よく見るとその遺影は写真ではなく、鮮明に描かれた絵だった。でもどこか二人とも門入顔というのか、岐阜顔の面持ちだった。その横には、善了さんからいうと祖父の善平さん、父の善雄さんの遺影が掲げられてあった。そして現役の善了さんというわけだ。

「うちの亡くなった父親も私もそうですが、まだ徳山村に行ったことがないんですよ。一度でいいから先祖の暮らしていた土地を見たいと思っているのですが、岐阜県は遠いですからね」

「ほらこれ!」と妻の美智子さんが開いた大きな日本地図の岐阜県のページの「門入」に印がしてあった。きっとご夫婦で何度もこの地図を見て話題にしていたのだろう。

北海道真狩村開拓団長の今井茂八さん
（昭和 19 年 1 月 6 日死去、78 歳）

真狩村開拓団長の妻の今井ナカさん
（昭和 23 年 11 月 4 日死去、77 歳）

「茂八は七八歳で、ナカは七七歳で亡くなっています。私は、昭和二四年生まれですので、生まれる五年前の昭和一九年に亡くなっているので、会ったことがないのです」

ということは、ゆきえさんが真狩村に嫁いだ翌年に亡くなっていることになる。きっとゆきえさんは、茂八さんの通夜や葬式などの手伝いをしたに違いない。その話はまったくしていなかった。

「祖父がまだ九歳の時に、徳山村から開拓に連れてこられたと聞いています」

「札幌でなく、真狩村に茂八さんのお墓があるという理由は？」と尋ねると、

「おじさんの磯雄さんが真狩村に暮らす唯一の今井家の親族だからです。やはり真狩にお墓がある方がいいような気がしてまして。自分たちが開拓した土地ですからね。お墓の管理とか本当に助かっていますよ。茂八さんというのは、ワンマンな人だったと聞いています。食事中に子どもが騒いだり、辺りをチョロチョロしているだけで気分を害し、時にはお膳をひっくり返すほどの人だったそうです。それくらいの人でなきゃ、開拓の団長なんて務まらんですよね」と笑った。

そういう言葉一つを取っても今井さん夫婦は、ご先祖様の歴史を大切にし、それがあったからこそ、自分たちの今があることを継承していた。遺影の他に、二人の笑顔のモノクロ写真があった。その写真はどこか生活感や生活音を感じるようなものだった。

「先祖が残してくれたことが、今も生きているんですね」と言いながら、妻の美智子さんが涙ぐんでいた。こうして、真狩村村史に書かれていたことに肉付けができたような気がした。茂八さんは、徳山村が北海道開拓した歴史的重要人物であるとともに、どれほどみんなに頼りにされていたこと

札幌市に暮らす今井善了さんと美智子さん夫婦。
善了さんは今井茂八さんのひ孫にあたる

だろうか。

今ではこの世には存在しない人だが、顔が見えたことによって、開拓という歴史が僕たちの世代に、うんと近づいたような気がした。これから見る北海道も違った風景に見えてくるかもしれない。

それからしばらくして、門入に住む人たちの家系図が手に入った。その中の今井家の家系図を見て、腰を抜かすほどびっくりした。他人の家系図は顔を知らないため、理解して行くには時間がかかるものだが、じっくり眺めていると、おおよその状況というのが見えてくるくらい、その家系図はすごい資料だった。

驚くことに、門入集落に暮らす人たちは、いくつかのパターンの名字はあるものの、どこかの代で必ずと言っていいほどお隣さんと血が繋がっているではないか。そして子どものいない夫婦には、その家系を絶やさないように、養子や養女などが入り守られている。こういうことは、実際に田舎ではよくあった話だと聞くが、紙に表された門入の人たちの家系図を見るとそれが克明にわかった。蜘蛛の巣のように血縁が交差し合う人の交わりは、よそ者が入りづらい状況になっていた。そして絶えることのない構造になっている。

廣瀬家や今井家の家系図という見え方ではなく、門入という集落が一つの家族そのものだったのだ。だから、想像以上の結束力が存在し、北海道開拓という過酷な条件を超えられたのだと思えた。それこそこの血縁は、うわべだけのものではなく、土地から根付いてきた歴史あるもので、外からの血は入ることができない暗黙の了解のようなものが代々備わっていたものではないだろうか。

ましてや現在のように、暮らしている場所が遠くで、縁のない者同士が結婚することなど、この家系図では考えられない構造になっている。。今井家、橋本家、廣瀬家、奥野家、清水家、泉家、大滝家、清生家、川口家、大栗家、加藤家……。

一方、外の血が入れない閉塞感もあった。そしてこの集落に入り込んで取材をする行為そのものが、本当に難しいことだということも振り返れば実感できた。僕が想像しているに過ぎないが、北海道開拓は国や村が推奨はしたものの、率先して行政指導で団体を作って、村を挙げて北海道に向けて出発したとは考えにくい。開拓の団長の茂八さんのすぐ下の妹の長女ぬいさんが、司さんの父、佐次郎さんを養子に入れている。つまり茂八さんの義理の弟が佐次郎さんという関係なわけだ。

さらに四番目の妹で次女になるくらさんは、甚助さんを廣瀬家から養子にもらい、その孫が、なんとゆきえさんということになっている。整理していてもわからなくなるほど、蜘蛛の巣のように繋がった糸が入り組んでいた。

とても複雑だが、司さんとゆきえさん夫婦はもともと血の繋がっている間柄だったのだ。今まで、「司とは親戚や」という一言で、会話は片づけられていたが、その展開図が今になってようやく解読できた。

遠い北海道まで行き、徳山村からゆきえさんを呼び寄せた理由は、ごく自然なことだったことがわかった。他の血を入れない徳山村の風習があったこともそうだが、この家系図がそうさせない理由を物語っていたのだ。

長男の茂八さんを筆頭に五人の弟や妹がいる。その兄弟夫婦の大半が北海道開拓に参加していた。茂八さんが開拓の団長の職務に就いたのは、単純に今井家の近親から一番多くの参加者がいたということと、その長男だったからではないだろうか。

『農魂一路　奥野善造伝』という本（富良野平原土地改良区発行）を今井善了さんに見せてもらった。探してはみたが流通していない本だった。その本には徳山村から開拓に出た時の話などが記されてあった（以下一部を抜粋）。

明治三十六年四月末日、奥野忠五郎と妻のたか、長男忠治二歳を伴って、今井茂八を団長とする岐阜団体に参加し故郷を出発することになった。

駅頭には、親戚、友人が大勢見送りにかけつけ、感涙にむせびながら水盃を飲みかわした。希望より悲しみがさきだち、一行は後髪をひかれる思いで故郷を出発し、舞鶴港を出て、小樽行きの船に乗り込んだ。

青函連絡船は明治四十一年に開業しており、それ以前の本州からの入植者はほとんど小樽に入港し、北海道の土を踏んだのである。

青函連絡船は開拓を目指していた人にとって、待望の開業だったに違いない。舞鶴から小樽まで二〇日間の航海だったとも記されてある。

小樽から汽車に乗り、秀麗な蝦夷富士羊蹄山を望む、狩太という駅で降りた。駅から入植地までかなり距離があるとのことで、雨露をしのぐ拝み小屋を建てるために若者の六人が先発した。

女・子どもは後から重い家財道具を背負って徒歩で笹刈道を分け入らなければならなかった。野宿しながら三日間歩きつづけて、うっ蒼とした森林が覆い茂げる谷間に到着した。ここが入植地の真狩別村（現在の真狩村）桜川であると聞かされた。そこは「桜川」という美しい地名とはあまりにもかけはなれた昼なお暗い原生林であり、一行はただ茫然として立ちつくすのみであった。

狩太駅は現在のニセコ駅。羊蹄山を望む美しい街だ。狩太駅から真狩村までゆきえさんは軌道鉄道に乗って行ったと記憶していたが、開拓の第一弾は、原生林をかき分け真狩村に向かったと書かれてある。今では車で一時間もかからない距離だが、道無き道であった当時はどれほど時間がかかったことか。若き六名が先発隊で出発したとなっており、きっとその中に新婚だった司さんの父親も含まれていたのではないかと想像する。

鋸・斧・鎌・鍬などの樹木の伐採や開墾に必要な用具は貸与され、当座の食料や作物の種子は用意されていたが、木を倒し、笹を狩り、鍬で掘り起こす開墾作業は重労働であった。四・五反程度耕地ができると、麦、ジャガイモを作付けした。

家は笹で葺いた拝みの小屋であったので、雪が降るまでには堀立て小屋を建てなければならなかった。そこで、小川の岸辺を地均《じなら》しして十二坪くらいの小屋を建てた。当時の道《どう》の拓殖政策は一戸五町歩の自作農を扶植することを主眼に置いていたので、入植三年後の付与検査で六割が成墾していれば五町歩の土地が所有できた。桜川に入植した岐阜団体の人びとも、全員が検査に合格するように、強固な結束と連帯感のもとに、一丸となって慣れない開拓作業に取り組んだのであった。悪戦苦闘の連続であったが、付与検査に全員が合格した。（ルビは引用者）

小川とは、今井磯雄さんの自宅の裏を流れる武井川のことだ。知来別川が桜川の中心で別れ、その川沿いに茂八さんの家をはじめ、徳山村の人や他県からの開拓民の家が点在していた。磯雄さんの自宅から車で五分ほど上流に行ったところに茂八さんの自宅があったことを磯雄さんから聞かされた。さらにその川から左に折れ山に向かった先に司さんが産声をあげた自宅があった。その住所が桜川五一一番地というわけだ。

少し整理して、こんなシナリオを自分なりに考えてみた。

明治三六年四月。いよいよ門入から北海道真狩村へ行く開拓団体が出発する。団長は、今井茂八を筆頭に二一名が舞鶴から船に乗り、小樽港を目指す。

茂八　みんな！（親戚一同）噂で持ちきりの北海道開拓の話なんだが、聞いたことがあるか？

開拓の話は考えていたんだが、なかなか踏ん切りがつかなくてな。そしたら、滋賀に暮らす妹のたかの旦那の奥野忠五郎さんが、茂八さんが行くっていうのであれば俺たちも考えようかなって、言っているようなんだ。もともと忠五郎さんの弟の仙蔵さんは、滋賀県団体の団長の経験者で、すでに江幌《えほろ》という町の開拓に行っていてな。だから、奥野家はもともと開拓のノウハウがあるんだよ。

北海道倶知安在住の北内鹿太郎という人から仙蔵さんの元へ、開拓の土地の権利を譲渡したらしいんだ。その理由はよくわからねえ。その話が回ってきたってわけだ。俺が北海道に行くって決断さえすれば、忠五郎さんたちも動くって言ってくれているんだ。

さて、みんなどうする？　妹のたかにも、徳山村にはない広大な土地を自分のものにしないか！国の政策だし、安心だわって言ってきたんだよ。

兄弟　ほー、それはすげえ話だな。北海道なんて、未開の地だしな。なあ、みんな！　行ったこともねえけど、土地は広いんだろ？

茂八　広いってもんじゃね。一世帯あたり五町歩ってとこかな。

兄弟　マジで！　五町歩も。五反の間違いじゃねえのか？

茂八　バカ言ってんじゃねえよ！　北海道だぜ！　その代わり、タダってわけではねえんだ。この土地を三年で六割は開墾しなくちゃならねえ。相当な重労働だぜ！　大木の根っこも掘り起こさなくてはならねえし。それに合格さえすれば、俺たちの永遠の土地になるってわけさ！　ハハハ！　夢があるぜ！　兄弟の力を合わせれば、なんとかなるんじゃねえか。周りの親戚にもやる気のありそうな者に声をかけてみるとするか！　雪は多いだろうが、でも徳山も半端ねえ雪だぜ。俺たちの経験から、なんとかなるよ！

こうして今井茂八家から六名、橋本佐次郎家から二名、廣瀬岩次郎家から四名、奥野忠五郎家から三名、今井茂三郎家から四名、今井三造家から二名、総勢二一名が集まった。

一番多く参加する今井茂八さんの兄弟は、長男が茂八、長女のぬいは旦那の佐次郎さんと一緒に。三女で奥野家に嫁いだたかは、旦那の忠五郎さんとともに。三男の三造も妻のたけと。

兄弟　やっぱさ、茂八兄ちゃんが団長やればいいんじゃない？　長男だし。

茂八　いいんだけどよ、でも、やや不安だぜ。行ったこともない北海道だし、女、子どももいるしさ、責任はもてねえよ。

兄弟　なんとかなるって。にいちゃんに全責任は負わせないからさ。みんな血の繋がった親戚なんだからさ。ハハハハ。

こんな会話があったかわからないが、親族で固められた結束力のようなものを僕は感じたのだ。その中の橋本家から参加したぬいさんと、夫の佐次郎さんは、のちに司さんを真狩村で産むことになる。その司さんが、嫁として迎えたゆきえさんは、開拓に参加した廣瀬岩次郎家の家系で、ゆきえさんの祖父の治平さんの兄に当たる親戚だったのだ。こうして一枚の家系図があったおかげで、僕の想像の幅も大きく変わった。

北海道開拓に参加した人たちが、徳山村全域から集めたわけではなく、門入という小さな集落に固まって暮らしていることや、兄弟や親戚という血の繋がりが強い集団だったことが、開拓の成功に繋がったのではないかと思う。

もちろん生まれ故郷を見捨てるわけではなく、留守番をする兄弟を置いておくことも忘れていない。北海道でどんなことが起ころうが、子孫だけは絶やさないようにしていたのだ。

どんな気持ちと勇気を持って、故郷の徳山村を離れ、見たこともない北海道へ移住したのか。それを考えると、札幌在住の今井善了さん宅に掲げてある茂八さんの遺影に、やっと出会えた深い感動がこみ上げてきた。

僕は再び札幌に飛び、今井善了さん、美智子さんご夫婦の自宅を訪ねた。美智子さんがお昼ご飯を準備してくれた。

「これ食べられるかしら？」と小皿の上に、魚の飯寿司のようなものがのっていた。僕はその寿司を見て驚いた。

「これ、まさかニシンの寿司ですか！」

「そう、嫁に来てから義理の母からこの寿司の作り方を教わって、毎年作っているの。口に合うかしら？」

　このニシンの寿司はまさしく徳山村の飯寿司で、そのまま引き継がれたものだった。茂八さんをはじめ、多くの先人たちが徳山の味を忘れまいと、厳しい暮らしの中でも大切にして来たものが、徳山村を知らない後世にまでも受け継がれていたのだ。

　僕はそのニシンの寿司を噛み締めた。その瞬間、ふあ〜と、ばあちゃんが樽の中から出して来た寿司の味を思い出した。まさに徳山村の味だった。

「どこか違うかしら？」と尋ねられたが、「大根の切り方が、徳山はもう少し太く歯ごたえがあるくらいで、あとは変わりませんよ」と応えたら、美智子さんが目に涙を浮かべていた。

「お前、偉いな。今井家の本家に嫁いで来て、こうして今井家を絶やさないようにしてくれているんだから！」と善了さんが美智子さんを見て笑顔になっていた。「だって、本家の嫁だもの！」と美智子さんが得意げな表情を見せた。

嫁の美智子さんが漬けたニシンの寿司。徳山村の味覚がそのまま引き継がれていた

終戦翌年の昭和二一年の冬。

「二番目に生まれた子の名前は『博』や。

生まれてきた子どもの顔を見とると、また幸せな気持ちになってな。この子に救われたんじゃ。でもこのままでは、この子も幸せにはならんと思ったんや。食べ物は豊富な北海道で困らん暮らしやったが、博打好きな司との暮らしに精神的に追い詰められていた。まだ生まれて間もない博を背中におんぶして、徳山村まで帰ろうと考えたことがあってな。苦労が多いこの地域からも逃げ出したかったしな。手には五〇〇〇円を持っておった。わしも若かったんじゃよ」

「真狩駅から狩太（ニセコ）まで殖民軌道に乗り、狩太駅で函館行きの汽車を駅舎でずっと待っとったんや。ところがまだ終戦の混乱期だったためなのか、待てども待てども汽車は来んかったんや。汽車が来たら、必ず乗ろうって決めとった。周囲からは不審な親子に見えていただろうな。

結局、汽車は来ることなく、諦めて桜川に帰ることにした。この行動は、家族にはばれることはなくごまかせたわ。

今思うとな、もし函館行きの汽車が来たとしたら、今の人生は変わとったかもしれん。少し頭を冷やして、次の日から何ごともなかったように、畑仕事を続けたんや」

国営のミハラ農場へ

「大きな田畑を耕し、ジャガイモやとうもろこしやかぼちゃを作っているよりも、お給料をもらって暮らしていくほうが楽じゃないかなって思ってな。決心して自宅も引き払い、農家をやめて暮らし方を一新したんや。司もわしも同じところに初めて就職をしたんや。給料取りや」

それが、農家をやめる本当の理由だったのかは、わからない。この時期、家族が離ればなれになっていた。

「就職先は農業試験場でミハラ農場って言ったな。留寿都《るすつ》村の近くで、そこからもさらに近くに羊蹄山が見える場所やった。桜川からもそれほど遠い場所ではなかった。そしてミハラ農場の社宅に引っ越したんや。義理の父と母は、年をとったし仕事はもうできん。北海道の岩内に暮らす司の兄弟の家に引っ越していった。もう桜川には家族が揃って暮らすことはないと思った」

夢を持って開墾してきた二町歩もの土地を手放し、家族が別れて暮らすという決断は、将来を見込んでの早めの対応だったのか、それともタイミングだったのか。続けて暮らしていれば、子どもたちがこの場所で仕事をしていた可能性だって考えられる。理由はわからないが、橋本家にとって大きな区切りとなったのは間違いないだろう。

ミハラ農場。一体どこにあるんだろう。僕は気になってこの農場を探し始めた。留寿都村の役場に行って村史を借りた。留寿都村は真狩村の隣。車でも一五分ほどあれば、移動できる距離だった。当時は、大農園は国策であったはずだから、何らかの記録が残っているのではないかと思った。

ミハラ、ミハラ……。留寿都村の村史に、当時の農場の名前や農場主や広さなどが記録に残っていたが、『ミハラ農場』という名称はなかった。役場の人に「ミハラと聞いて、地名とか現存する農場とか、何か思い当たることはないですか」と尋ねると、周りの人たちが顔を見合わせ、「もしかして三ノ原《さんのはら》ではないですか」と言われた。

「そこから羊蹄山は見えますか」

「はい、目の前に見えます。役場からも近い場所です」

三ノ原を言い易いように、ミハラとゆきえさんが略していたのかもしれない。役場から車で一〇分ほど行った場所に、「三ノ原」という地域があった。三ノ原の交差点を右に折れると、その道は真狩村桜川に繋がっている。この地理関係からすれば、可能性が高いと思えた。ただこの地域に大農場があったか、そもそも三ノ原を略してミハラって読むのか？　あまりしっくりこなかった。

小さな集落の中に、現在は使われていない小学校の木造校舎が残っていた。真狩生まれの次男の博さんにその場から電話をかけた。

なぜなら、博さんは北海道の小学校に入学したということは覚えていると言っていたからだ。三ノ原小学校は、開校一〇〇年の石碑が建っているから、開拓の時代に建てられたということは明らかだ。

「三ノ原小学校の校門前にいるんですが、周りがどんな風景だったか覚えていますか?」と電話口の博さんに尋ねた。

「ん〜、平屋の校舎だったことは覚えているが、詳しくは忘れてしまったな。羊蹄山も見えていたが、その辺りはどこから見てもきれいに見えるわな」と笑った。地元の方に聞いてもそこまで古い話になるとわからないと言われた。結局、ミハラ農場という存在は、この地域で聞くことができなかった。困った時の今井磯雄さんにそのことを尋ねてみた。

記憶を振り絞るように、「ミハラ、ミハラ……。司さんたちは、そこに就職するために引っ越して行ったのか? そうだったかな。じゃあ、桜川五一一の土地はその後、どうしたんだ?」

「売ったそうです。全部」

「佐次郎さんたちはどうしたんだ?」

「岩内に暮らす長男一家の家に引っ越したそうです」

「一家がバラバラになったわけか!」

しばらく沈黙が続き、突然、今井さんが話し始めた。

「わかったぞ、思い出したぞ! ミハラ、みはら、美原だ!」

「三ノ原ではなく、美原?」

「そうだ、美原農場のことだ。そこでゆきえさんはどんな仕事をしていたって言っていた?」

「種芋の生産だって言っていました」

「間違いない、美原農場のことだ！　それは今でも存在するぞ。種芋を生産している大規模な国営の農場のことだ。今から見に行ってみるか」

今井さんも僕の取材に興味を持ち、なぜか一緒に興奮している。そして美原農場まで車を走らせてくれた。桜川から歩いて行ける距離ではないが、ゆきえさんたちの時代だったら、馬車か徒歩しか手段はなかっただろう。留寿都村の中心部から車で一〇分ほど走った。

留寿都村の尻別岳と羊蹄山に囲まれるように、広大な農場があった。山裾にあるような少し高い場所に感じた。今は冬だから、農場は静まり返っていた。

種芋生産の専門農場のようで、雑菌に関して厳しく看板に書かれてあったから、むやみに中に入ることはできなかった。完全管理の農場らしい。北海道らしい、とてつもなく広い農場だった。その道路沿いに、そこで働く人たちの平屋の宿舎が何棟も建っていた。ゆきえさんが言っていたことと風景が重なり始めた。宿舎もあてがわれ、そこから羊蹄山が目の前に見える。ただこの場所が留寿都村だと言っていたのだけがひっかかった。この農場は、ギリギリであるが留寿都村ではなく真狩村だというのだ。

本当に留寿都じゃないですか？と今井さんに何度も聞き直し、今井さんも不安になって調べてくれたから、間違いはなさそうだ。ただ村との境界線はすぐそこだという。道路には、美原ルスツ線と書かれてあった。

農場の周囲にはここで働く人たちの寮らしき建物しかなかったが、昔、ここに平家の小学校があったということだけは、磯雄さんが記憶していた。それを照合してみると、三ノ原より美原の方が可能性が高くなった。それに同名の美原農場が存在している。しかも種芋の生産農場だ。

僕の予想ではあるが、桜川での暮らしに終止符を打った後押しとなった理由は、三男の昭司（昭和二三＝一九四八年生まれ）が生まれたばかりだったことや、農閑期の冬場でも給料が毎月安定的に支払われるということや、宿舎があてがわれるということ、何より引っ越しをしたこの年（昭和二六年ごろ）から小学校が開校になることだった。僕にはそれが一番大きな理由だと思えた。

桜川の自宅から現在は廃校になっている知来別小学校までは、およそ四キロ（一里）。除雪などしない山道だった。幼い子どもにとって冬の通学は過酷なものだ。そんなタイミングが重なった時期に、家族は大きな決心をしたのではないか。

「ミハラ農場には三〇家族くらいが働いておった。わしはジャガイモの種を出荷する担当に回され、司は、種芋の生産のほうをやっとった。

一日のお給金は二〇〇円やった。桜川の仕事に比べれば就職したことは本当に楽だった。何より時間に余裕ができてな。社員で洞爺湖まで温泉旅行にも行くほどやった。わしはこの生活の変化は嬉しかったな。自分たちで畑を耕しておるよりも、確実に銭が安定しおったしな。冬場の仕事は極端に少なくなったけど、男は、屋根の雪下ろしや家畜の餌やりで、女はのんびりしておった。冬場は仕事に余裕もあったで、徳山村に三男の昭司を連れて里帰りをしようということになったんや。

美原ルスツ線。ゆきえさんたちは、この道路沿いの社宅に暮らしていたはずだ

初めての家族旅行やった。それだけ時間的にも経済的にも余裕ができたってことやな。その代わり博は知り合いに預けて、司とわしと三男の昭司の三人で帰ったんや。

今から思うと、なんで冬場に帰ろうと思ったんやろうな。たしかに農閑期で時間はあったと思うが、徳山の冬のことをすっかり忘れとったな。あっちの雪の量は北海道の比じゃないからな。

徳山村への土産は、真狩名物のでんぷん飴。真狩の市場に売っておってそれをいくつか買った。当時は汽車の中で警察官が巡回しておって、抜き打ちで荷物検査なんかされ、周りの人たちも何かと没収されとった。警察が威張っとった時代やで。わしはその飴が取られてまうんではないかとヒヤヒヤしておったが、そういう時に役立つ司は弁がたつんやな。検問でうまいこと言って没収されることはなかった。

函館駅から青函連絡船に乗り換え、汽車で大垣駅まで。そこから揖斐線で揖斐駅まで。バスを乗り継いで坂内村の川上までたどり着いた。そこからはホハレ峠を越えて門入まで歩くしかない。当然、交通手段がここで途絶える。運が悪いことに、大雪が降り始めてな。それが何日経ってもやむことがなかったんや。峠を越えられるわけがない。坂内村の川上に足止めされ、旅館に厄介になってしまったんや。そして、ようやく雪が落ち着いたのは一〇日も経ってのことやった。

雪がようやくやんで、雪道ができたので、子どもを背負って、ホハレ峠を歩き始めたんや。もう徳山には帰って来れんと決心しておったが、まさかここに戻って来れるとはな。嬉しかったんや。そしたらホハレ峠で、不思議なことが起こってなァ。

門入からも、わしらがそろそろ峠を上がって来れるんではないかと思ったらしく、迎えに来てくれとった。黒谷の沢でばったりみんなと出会ってな。神様って本当におると思った。

帰る前に手紙でいつ頃着くとは書いて送っておいたくらいで、こっちの勘と村の人の勘が一致するなんて。徳山の人と呼吸が一緒やって思って嬉しかった。結局、門入に一カ月くらい滞在し、それからまた遠い北海道に帰ったんや。しかし、それだけ会っとらんと、まだ幼い博がわしらの顔を忘れてまってな。ハハハハハ」

僕は、美原農場という場所が気になった。現存することもわかったので、何か資料が残っているのではないかと、わずかな期待を胸に当時の雰囲気を調べて感じてみたかった。そしてまた北海道に飛んだ。

静まり返った美原農場。曜日感覚がない僕は、日曜日に来て失敗した。農場は閉っていた。周りの風景を見ていると、そこに子連れの若いお父さんが散歩をしていた。声をかけてみると、美原農場の職員だという。

「今日は日曜日なのでお休みです。明日、来てくださったら分場長が対応すると思いますよ。伝えておきますから」と気さくに対応してくださった。

翌朝。

現在は、農研機構種苗管理センターの北海道中央農場後志《しりべし》分場となっている。場長の鈴木一さんが丁寧に対応してくださった。

廊下の壁には開拓当時の白黒写真がたくさん展示してあり、もしかしてその中に司さんとゆきえさんの若かりし頃の写真があるのではないかと期待したが、残念ながら判別しにくい写真が多かった。でも当時の貴重な写真を見ることができた。凛とした羊蹄山だけは何も変わっていなかった。

「昔は、国の管理で昭和二二年に全国七カ所に一斉にできた施設なんです。当時は国家公務員だったのですが、今は違います。国からお金が出ていますが、委託業務のような感じですかね」

真狩村の開拓の話を一通り話した後、ロッカーから古い写真を取り出した。

「国の機関でしたから、何十周年などで記念誌を出したりするものですから、資料が残されているんですよ。もっと整理しなくてはならないのですがね」と苦笑いしている。

「その働いていた方の名前は、橋本司さんですね。何年頃ですか？」

「間違いがなければ、昭和二三年か二四年頃だと思います」

『三〇年あゆみ』（農林省、後志馬鈴薯原原種農場刊）の三二ページだった。

「ありましたよ、ありました！」

鈴木さんが「橋本司」の名前を見つけ出してくれたのだ。

僕は鳥肌が立った。

「ここに記載されているということは、間違いなく職員ですね。臨時職員とかではありません」

「国家公務員だったということですか」

「そうです」

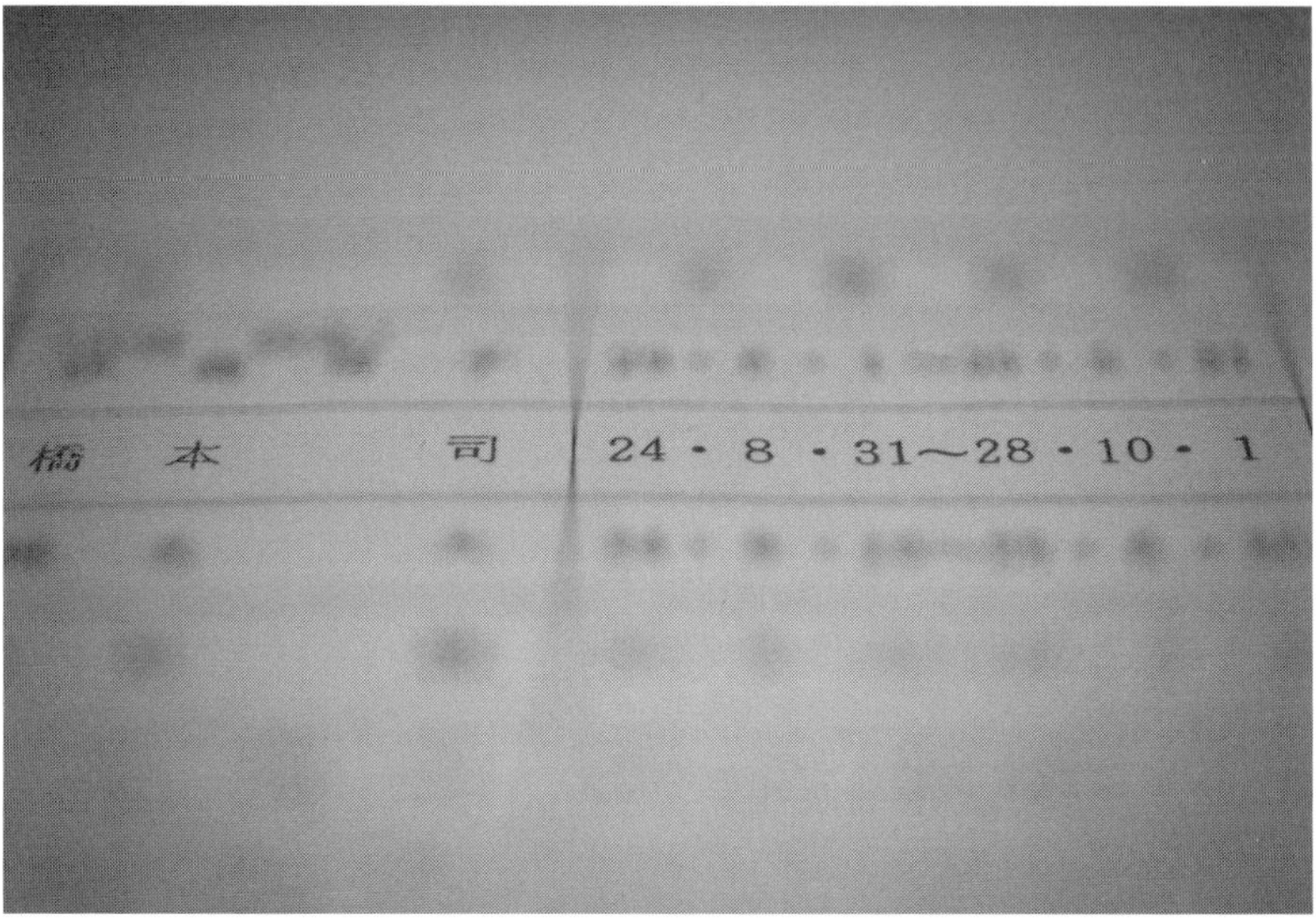

後志馬鈴薯原原種農場
間違いなく国家公務員だったということが証明された

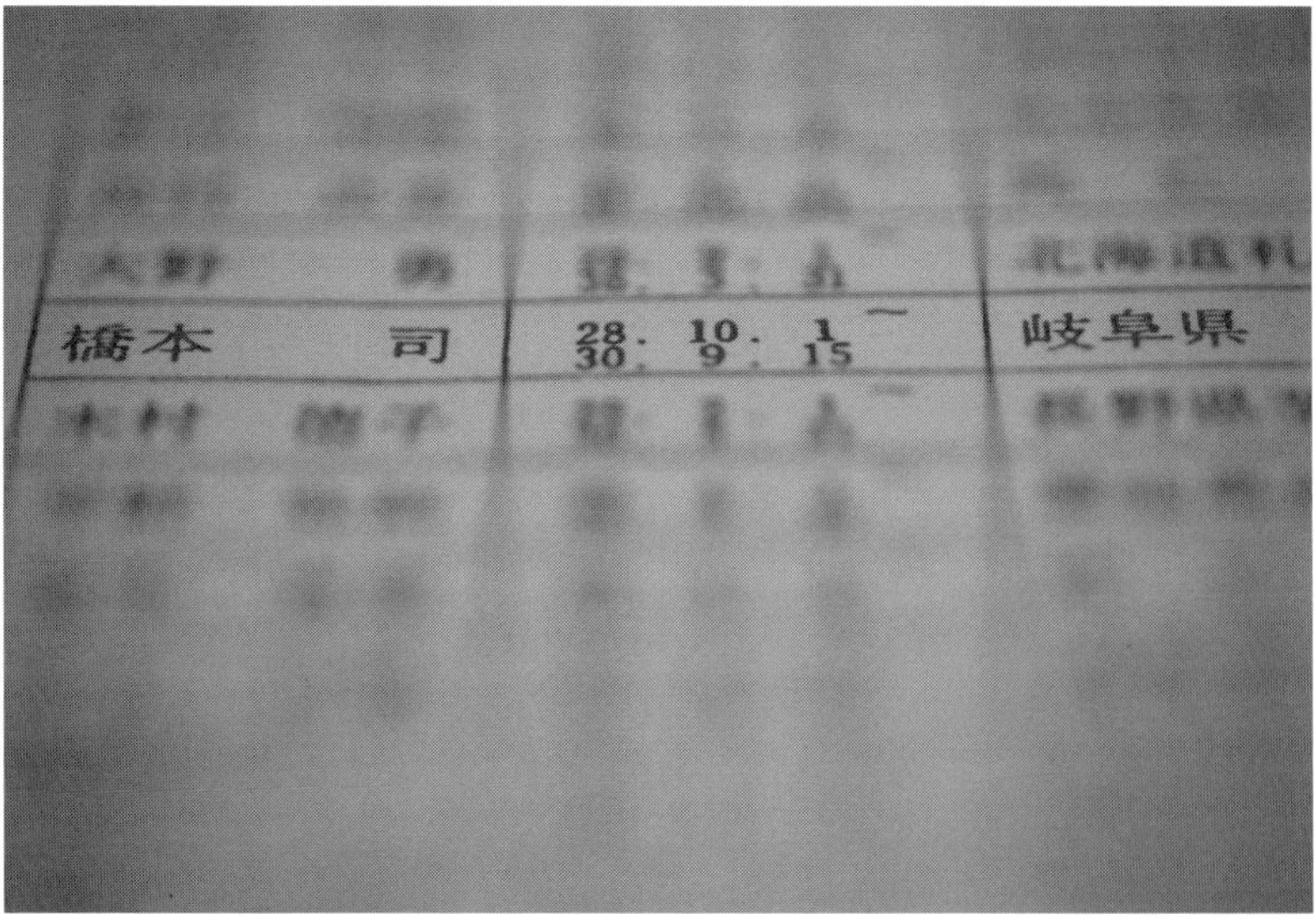

八ヶ岳馬鈴薯原原種農場
あいまなく引っ越したことが証明された

あの司さんに、国家公務員の時期があったなんて考えもしなかった。

「昭和二四年八月三一日から二八年一〇月一日まで働いていますね。でも妻のゆきえさんの名前がありませんね。もしかしたら、司さんだけ正式な職員採用で、妻のゆきえさんはパートだったのかもしれませんね」

「その後、長野に転勤になったって本人は言っていたのですが、心当たりはありますか?」

「全国に7箇所できた中に、長野県もあるんです。その分場に転勤になったのかもしれませんね。調べてみましょう」

同じように、鈴木さんが長野県の冊子を探し出してくれた。『岳麓三〇年』（八ヶ岳馬鈴薯原原種農場刊）だった。

「同じ系列ですから、こういう資料がまとめられているんです。こっちにもありましたよ」

三四ページの旧職員名簿の中に、「橋本司」の名前が書かれてあった。しかも昭和二八年一〇月一日から三〇年九月一五日になっている。北海道から合い間なく、長野に転勤になったことが証明されたのだ。そこは昭和二四（一九四九）年から八ヶ岳経営伝習中央農場という名称になっていた。

その当時、門入にある母方の廣瀬家の実家から、このままでは後継者がおらず絶えてまうっていう話がもちあがっていたそうだ。母方の家で同居し、新たに徳山村での生活を始めないかという相談が実家のほうからあったというのだ。

母方の家は、祖父母の甚助とクラと、聴覚障害をもった長男の初二郎（おじさん）の三人が暮らしていたが、甚助は、八六歳ですでに他界していた。それに伯父の初二郎以外は、全員が女性で、すでに結婚をして家を出ていた。たしかにこのままでは、廣瀬家が途絶えるのは、時間の問題だった。そこで、司とゆきえ夫婦が初二郎の養子になることを勧められていたのだ。

行ったり来たりするゆきえさんは、最後には家族ごと徳山村に引き戻される形になった。今じゃ考えられないが、血をつなぐということは、その姓を守るだけではなく、集落を絶えさせないことでもあった。

「わしは、『徳山の暮らしに戻るのは嫌だ！』って即座に答えたが、司はあっさり『ええよ！』って言ってしまってな。何を考えとるんかわからんかった。司は山奥での暮らしを知らんから恐れることなく返事をしたんやなって思った。きっと高齢になった祖母の面倒をわしが見ることになるんやって思った。

それに司は北海道生まれで、幼い時から食べ物に困ることはなかった人生や。北海道は何の作物を作っても、たくさん野菜の出荷ができるほどや。それに引き換え、徳山はどこへ行くのも峠を越え、冬になると出稼ぎに行かんと暮らしていけんような貧困な場所やった。

わしは徳山から北海道に嫁いできた時、なんて豊かなところやと思ったくらいやでな。またあの暮らしに戻るのかと考えるだけで嫌やったし、これからの家族の面倒を見なあかんという苦労も予感しておった。司は能天気というのか、行き当たりばったりというのか、何もわかっとらんというのか。自由人やった。米も少ない、芋も少ない、日は昼の三時には山の影になり、未だに電気は来とらんようなところや。それでも行くんか！って司を再三説得してみたが、もうその気になっとった。

ちょうどその時、美原農場から、長野県の原村にある八ヶ岳経営伝習農場に転勤の話があった。仕事内容はまったく同じ、ジャガイモの種芋の生産だった。正確に転勤の話が先だったのか、廣瀬家に養子になる話が先だったのか忘れたが、どちらにしても、遠い北海道から出て行こうという決心だけは持っていたんじゃ」

北海道を引き揚げたのは、昭和二八（一九五三）年九月末。司さんが三五歳。ゆきえさんが三四歳。博さんが小学校に入学した年で、半年ほど通っての転校になった。弟の昭司さんは五歳。さらに明博さんが生まれ一歳になった時期だった。

ゆきえさんからは、あまり長野県の話は出てこなかったが、博さんから少しだけ記憶に残っていた話が聞けた。

「北海道の小学校は、入学してわずか数カ月で転校になった。多分五カ月くらいだと思うな。北海道から引き揚げる時、青函連絡船に乗った。それが初めての大きな船の記憶だったからよく覚えているよ。その船はたしか洞爺丸だったと思う」

僕は横浜の写真学校に通学していた時代、青函連絡船がなくなることを知り、よく撮影に出かけていた。その時、洞爺丸事故の歴史を初めて知った。一九五四年九月二六日、台風の中、出港したことで多くの死者を出した大惨事だった。

　救命胴衣を着け、脱出の準備をしているモノクロ写真が残っている。博さんから洞爺丸のことを聞き、それほど昔の話ではないんだと感じ、鳥肌がたった。

　青森に到着し、汽車で上野に着き、新宿から中央線で長野県に向かった。

「北海道も長野県も同じ国営の会社だったから、今でいう転勤やな。当時、勤務地は長野県の八ヶ岳村（現在の原村）だった。

　その農場の敷地に宿舎があって、そこに暮らしていた。両親の仕事は、北海道にいた時と同じで、ジャガイモの種芋を生産するところだったはずだ。今、その敷地は、たしか農業関連の学校じゃなかったかな？」

　調べてみたところ、現在、八ヶ岳中央農業実践大学という学校のようだ。二年ほどこの地で働き、その後、徳山村に引っ越していったという。

橋本から廣瀬へ

「徳山から北海道に嫁いだ時の荷物は、風呂敷一つやった。中には着替えが数枚入っていただけやったが、北海道から帰ってきた時は、タンスや布団、衣類や煮炊きする道具があって、馬車が一杯になっておったんや。一九五五（昭和三〇）年九月のことだった。

長野県の原村から送った荷物は、昔のようにホハレ峠を越えて運んでくれると思ったが、若い時と時代が変わり、流通が良くなっておった。ホハレ峠を往き来するのではなく、徳山村の中心部の本郷のほうから荷物が運ばれてきた。そして、母親の実家に家族五人とタンスや布団など大きな荷物を運び入れた。その門入の母親の実家は『じんざ』という屋号で呼ばれておった。

博が、家に着くなり部屋の電気をつけようと、紐を探そうとしとった。囲炉裏の煙で燻された家の中は、ただでもススだらけの真っ黒な家やった。

『母ちゃん！　電気のひもはどこにあるんや……』

『博！　ここは北海道や長野の家と違って電気がきとらんのや』」

徳山にはいまだ電気は来ていなかった。嫁いだ頃から徳山村は変わっていなかった。ゆきえさんは、洋服を着て、少しおめかしをして帰ってきたそうだ。さらに少しヒールのある靴を履いていたという。ところが、着物姿の子どもたちが、ワーッと言いながら迎えてくれたのはいいが、その姿はボロを隠している継ぎ接ぎの着物姿で、藁草履を履いて走り回っていた。一〇年という期間で、これといって変わった様子を感じられなかったという。ゆきえさんにとっては、きっとタイムスリップしたかのような感じだったのだろう。浦島太郎のようだったとつぶやいた。

祖母のクラさんと、母の兄弟で、聴覚障害を持った叔父の初二郎さんの二人と共に、その日から家族七人の暮らしが始まった。高齢になっていたクラは、それほど先は長くない。初二郎も七〇歳を超えていた。

そして初二郎の養子に入ったので、橋本という姓から、旧姓だった廣瀬という苗字に戻した。

「農作業や家庭の面倒は、若いわしらの仕事じゃった。まだ手がかかる幼い男の子ばかりを抱えていたから、本当に苦労した。子どもたちは、九歳と四歳と一歳になったばかりだ。司は畑仕事をようやってくれておったが、山仕事はあまり頼りにはしておらんかった。

学校には給食というものがなく、昼になると、子どもたちは飯を食いに家に帰ってきたんや。その頃、脱脂粉乳が入ってきて、母親たちが週に一回くらい、湯を沸かす当番が回ってきた。子どもたちのことで目まぐるしいほど忙しくなってきたが、現金収入がほとんどなかったから、徳山に来てからというもの本当に金に困った」

北海道は売るための農業だったが、徳山では売るほどの米や野菜はできない。家族が食っていくための農業に変わった。そんなに広い土地もなかった。この村での現金収入といえば、林業か土方仕事しかない。

「北海道の頃の貯金が少しあったから、それを切り崩しながら生活をしておったが、いつまでもこの暮らしは続かんと思った。日当二〇〇円の仕事をたまに誘われ、コンクリートの砂を流す仕事をやったり、土方の仕事をしたり、その場限りで食いつないだ。北海道でも日当二〇〇円だったが、毎日もらえ、暮らしに余裕があった。

そんな矢先、クラが脳梗塞で倒れたんじゃ。半身不随で寝たきりになってまった。介護が本格的に始まった。ご飯もスプーンで一口ずつ口に運ぶ状態やったし、オムツもこの時代はない。叔父の初二郎は昼飯の手伝いくらいはしてくれたが、朝と夜はわしが面倒を見た。幼い子どもたちはいつも腹をすかしとったな」。結局、三年間の介護の末、祖母のクラが八八歳で亡くなった。

博さんが、そのころの面白い話があると切り出した。

「長野から帰ってきた翌年（一九五六年）パラグアイ移民の話が、岐阜県から村を通して募集があったんだよ。それに父親が手をあげてね。門入で手をあげた家族は、うちを含め三組あった」

僕は、それに手をあげる家族がいるんだと驚いた。移民の大変さは、文献や話などで聞いたことがあるが、たとえ二世と言えども、北海道開拓を経験してきた司さんは、それを苦労とは思っていなかったのだろうか。それとも、徳山村を出て広い土地を得たいという気持ちのほうが強かったのだろうか。生まれた環境が開拓地そのものであったから、当たり前の選択だと思っていたのか。それとも、父親が真狩村を開拓したので、今度は自分の力で開拓を成し遂げたかったのか。

今の時代からはその選択肢は考えにくいが、今度は北海道ではなく、途方もなく遠いパラグアイだ。生涯、徳山村で暮らしていた一般の人たちより慣れていたのかもしれないが、徳山村には帰ってこられないかもしれないという選択肢だったと思うのだ。

ブラジル移民の話は、真狩村に暮らしていた当時にもあったらしいが、それにはある程度の投資が必要で断念したが、今度のパラグアイの話は、司さんにとっては再チャレンジできる夢物語だったのかもしれない。

開拓の子は、開拓の血が流れているのだ。司さんは、父の背中を見て育ってきた。そして何町歩の土地を橋本家のものにした。自分の土地を持つことに強い執着心があったとすれば、開拓に憧れを抱くのは当然のことだ。そのためならどこへでも家族を連れて行く野心が、本能のように備わっていたとしか考えられない。

そんな司さんをゆきえさんはいつも、「博打な男や」と言っていたが、司さんの中にはこうした野心の積み重ねがあるのだろうなと想像できた。昔の人の生き方には、たくましさを感じる。ある意味、それを人間らしいというのかもしれない。それにしても、ついていく妻としては大変だったんだろうなと、ゆきえさんの苦労には同情したが、でも僕は、司さんの野心に興味津々だった。

本当にパラグアイに行くための準備が始まった。

家族五人を引き連れ、岐阜県庁に行った。身体検査などを一週間ほどかけて何度も何度も行った記憶があると博さんが語った。ゆきえさんがこの話に触れなかったのは、よっぽど苦痛だったからかもしれない。しかしブラジルと同様、パラグアイ移民もある程度の資金が必要だったようだ。当然、金などはなかったが、甚助（祖父）の名義のままの山の土地が残っていた。それに目をつけた司さんが、山を売って現金化しようと考えたのだが、そのためには、甚助の名義変更をするか、長男の初二郎の許可が必要になったが、当然、親戚からの猛反対にあったと、当時の様子を博さんが話してくれた。

結局、この移民の話もブラジル同様、資金不足のために断念したというが、せっかくなので少しパラグアイ移民のことについて調べて見た。

一九三五年、日本から一〇〇家族がパラグアイ入国の許可を得たという。そして翌年の八月にラ・コルメナ地区に入植した。ところがその後、太平洋戦争が始まるとパラグアイとの国交断絶を宣言され、その後移民は途絶えてしまったそうだ。しかし第二次世界大戦が終戦を迎え、引き揚げや失業者に溢れる中、国の移住行政組織が整備され、再びパラグアイ移住が推奨されることになったという。

一九五二年、司さんたち家族が北海道から引き揚げる年に、一二〇家族のさらなる移住が入国許可を得た。パラグアイ側の押し寄せる移住者への対応が追いつかなかったそうで、移民となった家族は貧困な生活を強いられたという。

ちょうど北海道の土地を離れ、転勤で長野県に引越しをし、徳山村に帰ってくる頃、司さんはパラグアイ移民を成功させた家族を新聞記事などで知り、ひそかに頭の片隅で計画を立てていたのではないだろうか。

「きっと親父は、自分の土地が欲しかったんだろうな。北海道でも成功している人たちを見ているしな」と博さんが語った。

廣瀬家は、北海道の経験を持っていた家族だから、徳山村の中でも特異な経験者だったと思うのだ。廣瀬家にとって、徳山村に戻ってきた翌年の昭和三一年（一九五六年）は本当にいろいろあった年だったようだ。そして暑い夏に事件が起きた。

昭和三一（一九五六）年七月一八日付の各紙の見出し。

「昨夜、三〇戸を全焼　県境の辺地　子供の火遊びから』（中部日本新聞社）
「恐怖の一夜明けて　徳山村門入大火　早くも復興へ立ち上がる」（東海夕刊）
「昨夜、揖斐徳山村　門入部落で大火　民家二四戸を全焼」（岐阜タイムス）

写真付きで、各紙大きな記事が記録されている。写真で見る限り門入地区は、焼け野原になっていた。航空写真を掲載している中部日本新聞では、集落の大半が真っ黒焦げになっている。数軒の茅葺き屋根が見えるだけで、絶望的な光景が映し出されていた。

翌日の朝刊では空撮をしている記事が大半だったが、夕刊になると、門入集落にたどり着いた記者が、生々しい焼け野原の写真を掲載していた。『徳山村村史』にも、大きな記録として残されていた。その中でも門入分校学校日誌は、その日の生々しい状況を掲載していた。以下『徳山村村史』より。

午後五時四〇分頃六年生清生梅雄君突然大声で先生火事だと飛び込んで知らせてきたのでびっくりして先ず火気の後始末をしてポンプを持って現場に急行するも火の手はすでに大屋根の煙り出しより盛んにでていた。みるみる中に火の手は両隣家に延焼見る見る中に火の手は更に大きくなり、次の家にと延焼、かくのごとくして次々と火は拡り、火の海とかす。或る者は山仕事、田へ仕事に出ていって強い男達は不在にて消火の能力も発揮できずさりとて家財道具の搬出も思う様にならず、全く手のつけられない状態となる。（中略）

夜九時近くに一応火の手もおさまりかけた処へ、役場、本郷消防久美、戸入消防組の来援を得て大なる活躍によりようやく鎮火せり、羅災者も残火を只ながめているうちに夜更二時頃より、炊出し到着食が与えられる。（後略）

被害の状況
焼失家屋（全焼）二四戸（部落戸数三五戸）
被害者数　一五六名
被害額　三〇〇〇万円（役場推定）

その当時の様子をゆきえさんは語り始めた。

「昭和三一年の暑い頃の話や。門入に大変なことが起こってな。密集しておった集落の大半が大火災で、焼けてしまったんや。残ったのはわずか一一軒だけで、密集地では、ごく一部の家を残すだけで、あとは集落から離れた家が残っただけになってまった。門入は火の海で、みるみるうちに、次の家に、また次の家に火が燃え移ってな。茅葺きの家ばかりやから、もうその勢いは止めようがなかった」。つい最近の出来事のようにゆきえさんはその当時の様子を興奮しながら話し始めた。

「たしか、時期は田植えが終わり、エンドウ豆が枯れたで、次に何か植えなあかんなと考えとる頃やった。時間は夕暮れ時やったな。まだみんなが畑や山から帰って来とらん時間帯やった。集落に残っとったのは、年寄りや女に子どもくらいで、男どもは山などに働きに出ていておらんかった。わしは、弟の家の庭に井戸があって、そこにバケツを持って水をもらいにいっとったんや。この時期の川の水は濁っとることが多かったでな。

バチバチバチって、燃える音がした時、一気に大きな火の手があがった。大変なことになった、火事や！ととっさに走って家に戻り、大事な家財道具を川の近くに運び出した。火事場の馬鹿力ってこのことを言うんやな。すぐに燃えうつると思ったで、大事なものだけでも運ぼうと思ったんや。

わし一人でも普段持ち上がらんものをいくつも持ち上げて外に出したんや。とにかく大急ぎで、気持ちは焦っとった。みんなの家が茅葺やったで、ちょろっと屋根に火がついたら、一気に大きな炎になってまうで、これはすぐにうちにも火の粉が来るって思ってな。集落にポンプがあったが、たったの1台だけや。どうにもならんし、火の勢いは早かった。それに男らもおらんし、すぐには動けん年寄りや幼な子ばかりが集落におったでな。噂を聞きつけて、皆が山から慌てて帰ってきたが、ただ呆然とするばかりで、消火活動どころではなく、立ち尽くすだけやった。

暗くなった頃、本郷からポンプ車が到着し、わしの家にも少しだけ火がついたが何とか焼けずにすんだ。他に二軒だけしか残らんかった。被害にあった人たちは、その日の晩から、焼けなかった家々にそれぞれ避難するしかなかった。

残されたわしらの家は、それからが大変やった。うちの中は、人ゴミの状態や。家中のふすまを外し大広間にした。米を炊いたり漬物を出したり、家にあるものを出すから、備蓄しておった米や味噌などは、一気に底をついてな。みんなの米も金も、ほとんどが灰になってまったからしょうがなかったんや。すぐに救援物資が街から届いて、なんとか今後の食料は確保できた。仮設の住宅ができるまで、そんな暮らしが続いたんや。不幸中の幸いは、この季節で本当に助かったということや。冬場だったらみんなの布団もないし、寒くて、どうなっておったことか。

しばらくして大勢の大工さんが門入に入ってきた。本郷や戸入の旅館に泊まっていたのだと思う。毎日通ってきてくれとったでな。門入の婦人会で、飯を作ってその大工さんたちの世話をしたんや。焼けた家の人たちは、国から補償金かお見舞金のような金をもらっておって羨ましかった。いろいろ提供しとったわしらは、その金を一切もらうことはなかった。いっそのこと、うちも焼けてしまえば家も新しくなるから羨ましかったんや。

そういうことで、門入の家の大半が、昭和三一年以降の比較的新しい家ばかりなんや。集落に残った三軒だけが古いままの家や。それにしてもまさか門入が焼けてしまうとはな」

実は、門入大火の二年前、昭和二九年五月一三日にも、徳山村の中心地の本郷地区が焼けた。徳山村で一番人口が密集していた集落だけに、被害は大きかったようだ。当時一二一戸のうち一一八戸が焼失したと記されている。他に役場や小中学校、農協や郵便局まで焼けている。でも一年後には、一一六戸まで復旧し、公共施設も完成していったそうだ。本郷大火で少し落ち着いた矢先に、今度は門入の火事。徳山村にとって苦悩の連続だったに違いない。

「門入の火事の原因になったのは、子どもの火遊びやった。お宮さんが近くにあって、その横の家から大きな火が立ち上がった。二人の子どもが、蜂の巣を火あぶりにしていたところ、それが茅《かや》に引火したそうやった。その後、集落は険悪な雰囲気が流れていたが、でも火事を起こしたその家族を追い出そうとはせんかったし、いじめるようなこともなかったな。いじめたところで、家が帰ってくるわけでもなかったからな」

今の時代だったら、原因を作った家族は、そこには暮らしていけないだろうし、補償だ！　金だ！裁判だ！と騒ぎ立てることだろう。人をおとしめることをしなかったところが、門入のいいところだとゆきえさんは語った。

ゆきえさんたちの小学生時代とは違い、門入分校に通っていた子どもたちは、本郷の徳山村中学校に進学するのが当然だった。そうなると、中学生から下宿生活が始まる。

中学に進学した博さんは、毎週土曜日には歩いて帰ったが、日曜日の昼には家を出ないと本郷にたどり着けなかったという。子どもたちにとっても毎週遠足のようなものだったと聞く。授業参観日や運動会や学校行事など、家族が学校に行くにも一日がかりだった。当時は門入に車が二台だけあって、運が良ければそれに乗せてもらうことができたが、そうでない場合は、歩いて行くことになった。

冬場はもっと大変だった。徳山の冬は雪に閉ざされてしまう。道なんて雪で消えてしまう。それでも子どもたちは、毎週土曜日になると本郷から歩いて帰ってきたという。

本郷から戸入までの道はまだ良かったというが、その先の門入までの道は、雪崩を考えて、川の対岸の道を歩くようにしていた。親も心配で、二里先の戸入まで迎えに行き、一緒に帰ってきたという。岩石もあり、急な坂道もあり、夕日が早く山の陰に隠れてしまう。今の時代では考えられないが、子どもたちにとっても命がけの里帰りだった。この頃になると、わらじではなく靴があった。

ゆきえさんの時代は藁細工が主流で、農閑期になると、わらじやミノやむしろなどを作ることが多かった。ゆきえさんは、藁細工作りは得意ではなかったというが、ミノはよく編んだという。でもこういった仕事も四〇代（一九六〇年代）の頃にはやらなくなっていたそうだ。

「営林署の飯炊きの仕事を司と一緒に長者ヶ淵でやっておった時の話や。司も就職をしているわけではなかったから、誘われた仕事を断ることなくこなしては、その場で現金を得ていた。今みたいに就職するなど、ごく一部の人間だけしかやっておらんかったな。

現場で働いている時、叔父の初二郎が倒れた！と連絡が入ってな。祖母を送り出して間もなくのことで、ホッとした矢先のことや。祖母と同じ脳梗塞やった。命は助かったが、右半身が自由に動かなくなって、足を引きずりながら、少しずつ移動できる程度やった。その介護が逆にわしにとって祖母より大変やったんや。

左手ですくいながら食事をとることはできたが、じっとしとらんのや。家の中を這いずりながら、大便を漏らしては、部屋じゅうに匂いが充満してな。出かけて家に帰ってくるのが恐ろしかったんや。その介護が一年八カ月続いて、叔父も亡くなった。北海道から移住した時は介護のことを恐れていたが、まさか二人とも重い障害を持って面倒を見ることになるとは夢にも思わんかった。わしは本当に疲れたんや。子どももまだ幼いもんばっかやし、定期的に入ってくる現金収入もなかったしな。若かったから何とかこなせたが、苦労の毎日やった。

人の面倒を見るために北海道から帰ってきたような気になってな。こんなことを言ったらあかんが、二人をおくって、正直なところ肩の荷が降りたんや」

昭和二五（一九五〇）年から、徳山村の中心の本郷地区などは小水力発電で川の流れを利用してモーターをまわす自家発電が行われるようになったが、それ以外の集落は電気がまだ来ていなかった。門入に明かりが灯った日のことをゆきえさんは鮮明に覚えていた。門入大火があった同じ年、昭和三一（一九五六）年の一一月二四日のことだ。門入大火などがあったばかりの混乱の中で、村の財政もさぞ圧迫されたことだろう。

「北海道におる時は、すでに明かりがあったが、徳山村は夕暮れからいつも真っ暗やった。明かりが灯った時は嬉しかったが、門入にとって（昭和三一年一一月に導入した）水力発電用のタービンはとても大きな買い物ではないかってわしは感じておったんや。たくさんの木を切って現金を作ったでな。当時で相当高い買い物やったと聞いとる。

川のそばに小屋を建てて、上から水を落として発電機のタービンを回したんや。小さな電球が灯った程度の明るさやったが、その時代にとっては画期的やった。司がその電気の管理人になってな。その経緯は忘れたが、多分、時間があったから選ばれたんじゃと思うが。日が暮れてくると、集落の電気のスイッチを入れ、明るくなってきた朝にスイッチを切りに行く、ただそれだけの役目やった。だから電気は、明かりを灯すか、せいぜいラジオを聴くためだけに使っていたことになるな。他の電気製品を持っていないから使いようがなかったんや。

ところが、設置からわずか七年後くらいに中部電力が門入に入って来てな。街から電気が送られて来るようになったんや。発電機を買ってわずか七年足らずや。当時の水力発電は、停電があったり不安定やったが、七年しか使っとらん発電機は、もったいない買い物やったと思った」

村誌にも、その当時のことが記録されていた。以下『徳山村史』より。

昭和二九年五月の本郷部落の大火、三一年門入の大火、三四年九月の伊勢湾台風の洪水による大被害などから復旧事業が次次と重なり、しかも電気は一日たりとも欠かすことの出来ない生活必需の性質をもっていることからその復旧は組合の大きな負担になった。そんななかで徳山電気組合では、昭和三七年三月には、点灯戸数の自然増、公共施設の使用増加に対応して完全点灯するために、五〇キロワットの火力発電を併設するという事業計画もたてられた。

徳山電気組合では、昭和三十六年五月一四日に開かれた通常総会の席上で、この際、農村電化促進法の適応を受けて、国、県の援助のもとに中部電力を導入し、全村に点灯したいとする意見が協議された。

「昭和三八（一九六三）年九月、中部電力が村に来た時、本郷にある徳山中学校に行き、餅を背負って練り歩いたんよ。村中の念願やった。祭りのように賑やかやったよ。人の列は本郷の入り口から中学校まで続いておった。遅くまで唄って踊って。みんな着物や浴衣を着て楽しい一夜だったな」

いよいよ徳山村にも文明の嵐が押し寄せてきた時代だった。そのころ日本では翌年に開催される東京オリンピック、東京から新大阪の新幹線開通（ともに一九六四年）、そして首都高速道路の開通。僕はその頃を歴史の教科書でしか実感していないが、めまぐるしく変わろうとする高度経済成長期だった。門入では、その頃にようやく電気が安定的に供給されるようになった。博さんが、子どもの時の印象的だった話をしてくれた。

「昔から続いていた話だったが」と切り出した。もちろんその昔は、博さんは生まれていないし、司さんもゆきえさんも北海道で暮らしている時期だった。

その頃、門入では山の共有地を売却してほしい者がいるという大きな話がもちあがった。広大な先祖代々の山の土地を、当時三六世帯で共有管理していたという。

「中学生になろうかとしていた時期だったが、その話を巡って、門入が二つの派閥に分かれていた時があったんだよ。子どもたち同士は直接関係がなかったが、大人たちにはちょっと嫌な雰囲気が漂っていたことを記憶している。ピリピリした感じというのか、互いに探りを入れるような会話というのか……」

わずか三六世帯の狭い集落での派閥は、相当嫌なものだろう。親戚なども多く、蜘蛛の巣のように張り巡らされた関係性の中で、きっとご近所同士が、安易に会話もできなくなってしまったのだろう。

山の共有地の売却の話は、大手製紙会社の王子製紙が紙の原料となる原木を伐採するためのものだった。博さんが中学生の頃ということだから、この記憶は、昭和三〇年代半ばになる。僕の想像では、博さんがその話の内容が理解できるもっともっと前から、王子製紙はこの山林に目をつけていたのではないか。

この派閥割れは、共有地の売却を東栄林山工業株式会社（大阪）が買うという話から始まったものだった。博さんが当時の登記を見せてくれた。すると昭和二〇（一九四五）年に三六世帯分のうちの一世帯分に当たる山林を買収していることが記されてあった。

徳山村史（六四二ページ）にも、興味深い話が書かれてあった。

総面積の九八パーセント強の山林面積をもつ徳山村は、段木伐り（江戸・明治・大正）からトチ板挽き（昭和初期―終戦直後）、木炭焼き（戦前―昭和三七年、八年）と、山の木を伐り出すことが多かった。特に戦後のパルプ材の不足から大手パルプ会社が、伐採・搬出を、新しい機械と道路の整備や車により本格的に始めたため、山林の豊庫といわれた徳山村の山も、またたく間に伐り倒されて、多くの山ははげ山となり、天然林原生林を残すのは、各部落の上の留山と門入奥の国有林のみとなってしまった。

王子製紙の伐採計画は大プロジェクトで、村にとって、財産を切り売りしながら生活の安定や集落の人々の懐を満たす構造に変わっていった。伐採するということは、道路をつけ、縦横無尽に切り出し用のワイヤーを張り、トラックが行き来し、人の出入りが急激に増えるということだ。門入集落の暮らしや風景は一気に変わったという。好景気の波がいよいよ村の隅々まで到来してきたのだ。そんな中でも、廣瀬一家は、土地を手放すことはなかった。

こうして門入の暮らしは、製紙工場の下請けのように変わっていったという。王子製紙派には、それなりの仕事が回ってきたのに、反王子製紙派にはいい仕事が回ってこないという差別を子ども心に感じていたという。

村には伐採技術はあったが、チェーンソーを持っている者はほとんどいなかった。伐採師や木を移動させるのに必要な索道づくりなどのため、門入は四国地方や富山県からの出稼ぎでひしめいていたという。

道路工事などの土方仕事は朝鮮から労働者がきていたという。片言の日本語を話す人たちは、まとまって暮らしていた。門入集落にプレハブの飯場が立ち、ゆきえさんはそこで飯炊きの仕事についていた。司さんも関連する仕事をする毎日だった。飯場ができるほどの仕事の規模は、それまでのひっそりした門入からは想像できない風景だった。おかげで安定した現金収入を得ることができ、経済的に子どもたちの学費なども助かった家庭は多かった。暮らしは安定していたと思うと博さんが語った。

高度経済成長期に、徳山村ではパルプ資源が日本の高度経済成長を支えるために提供されていたことを、僕はこのとき初めて知った。北海道開拓の取材に行った時も、開拓と王子製紙は切っても切れない関係であり、経済成長を支えてきた象徴的存在であったことを知った。

日本各地で広大な原生林が伐採・開発され、都市部では公害が大きな問題となる中、巨大企業はこんな奥地にまで手を伸ばしていたのかと改めて思い知らされた。

博さんが街の高校に下宿していた時、休みになり実家に戻ってくるたびに、はげ山になっていく痛々しい門入の風景が忘れられなかったという。

「うちから見えるほとんどの山の地肌はむき出しで、つるっぱげになっていったんだよ。今じゃ考えられない風景だよ。青々とした木々に囲まれているように見えるが、ほとんどが二次林なんだ。

伐採されて五〇年以上が経ち、ようやくそれなりに杉やヒノキが育ったってわけだ」

緑が美しく清い風景の印象を持っていた徳山村が、実は生え変わった姿だったと聞いて僕は驚いた。当時は、緑の山々ではなく、むしろ茶色の土煙が舞う村だったという。

中部電力によって都市からようやく電気が供給されるようになった翌年の昭和三二（一九五七）年のことだった。徳山村村民に、ダムの計画が通達されたのだ。もちろん製紙会社の伐採やその飯場の仕事は盛んに続いている時にである。

徳山村にダムがやってくる

昭和三二（一九五七）年。徳山村が、巨大な公共事業に飲み込まれようとしていた。村に日本最大のダム計画の話が広がったのだ。寝耳に水とはまさにこのことで、当然ながら、村民たちは困惑したという。

「三本松のあたりにダムが出来るという話やったが、おとぎ話のようにしか聞いておらんかった。だから周囲にも詳しい人など誰一人としておらんかったと思う」

「三本松って？」

「徳山村と藤橋村の境目の辺りじゃ。揖斐川が狭くなっておって、大きな岩があるところや」

このおとぎ話のようなことが、全村民の将来を大きく変えることになろうとは、この時点で、ほとんどの村民は夢にも思っていなかったことだろう。

僕には、王子製紙による山林の大規模な伐採の流れが、そのままダム工事へと流れ込んでいったような時代の雰囲気を感じた。

山林伐採で大きく変わりつつあった村で、さらに追い打ちをかけるようにダム計画は混乱を招くことになる。この国の近代化のために、多くの天然資源を提供できる村として、徳山村が国や大企業から目をつけられていたのではないか。僕はそう感じるようになった。そして司さんやゆきえさんを見ていても、大きな企業をたよりに現金を得る生き方を変えられない状況が漂っていた。

暮らしの中にじわりじわりと「ダム」という言葉が侵食し始めた記憶を、ゆきえさんは語っていた。

「ダムの説明会が門入でも何度も行われたんや。国の偉い人たちが村民に対して、これからの行く末を話していくんや。それに参加するだけで四〇〇〇円がもらえたから、それを目当てに参加する人たちも多かったんじゃないかな。

わしはあまり気乗りせんかった。村がダムの底になってまうことが嫌でな。その理由は、はっきりと言葉にできんが、徳山村を手放したくない気持ちが強かったんや。このままの変わらぬ暮らしでええって思っとった。何回も何回も集会が行われて、少しずつやったが、徳山から出て行こうとする考えを持つ家族が増えていた。

言っちゃ悪いが、そういう家族は、家が傷んどったり、経済的にもとくに苦しい家族が多かったような気がする。そういうところから集落は崩されていくんやな」

このような話は、長い間ダムの村の取材をしていると、珍しくはなかった。

「ダムの話が次第に具体的になってきたところで、街を出て行った子どもを、わざわざ徳山村に呼び寄せる家族もおったんじゃ。少しでも多く、補償対象を増やすための努力やろうな。本当はそうじゃなかった人たちも、欲は隠せんようになっていったんじゃ。村の様子がじわりじわりと変わっていったと思う。今日は、畑で何が採れたとか、山菜の様子はどうかとか、平穏な徳山ではそんな話が自然やったが、ダムの人らが入ってきてから、のどかな話の中に、金の話が入りまじってきた。

どこへ引っ越そうが、国が全額金を払うと言うもんやから、みんなそればっか考えるようになって。庭の木一本も、なんぼするってな。足元が見えんようになったんやな。三年くらいは国のほうも丁重に話をしてくれたが、みんなとも慣れ親しんできたころから、『はよ！　ここを出て行け！』と言わんばかりに、言葉使いや態度が変わっていったんや。仕方なく、家を壊した家族もおったよ。

そういう光景が広がってくると、残される人は不安になってくるんや。あの人が街に行ってまったで、私らも街に行くくって感じで。村の人間関係も、互いに腹の中をのぞくような、今までの会話とは違うものになってきた。そうなったら、徳山は国のもんやな。国が言い始めたら、事業は止まらんでな」

ダム計画によって、反対派、条件付きの反対、賛成派など、村が二分にも三分にも派閥ができることは、国の描いているダム計画が進行しているという証だと僕は感じていた。反対を訴えていた集落が、「条件付き反対」などという言葉に言い換えられたとたん、ダム建設は進んでいく。

村民の心に隙ができるというのか、国の話を聞いてやろうと思った瞬間に、国は金を持って村民の心の中に入り込んでくるのだ。

これは、ダムに沈もうとしている他の村を取材して得た知識と感覚だった。

そうなるまでの月日は本当に長く、ダム行政は世代を越えても攻め続けてくる。村への愛着も世代間で変わる中、長丁場で村に踏みとどまることは、小さな世帯だけでは体力的に難しい。

相手は、ダムの必要性を長年に渡り言葉たくみに攻め込んでくる。村人にとって、自然に養われてきた知恵も、それを数字やデータで突きつけられると不安がよぎるのだろう。村民から、「街の人のために、私たち家族は村を出ます」、という言葉をよく聴いたが、これが心の葛藤の中から生まれた言葉だとは、とうてい僕には思えなかった。

ダムは洪水対策や飲み水の確保のためなどの謳い文句は当然わかるが、本当に最初からそこまで計画していたのかはわからない。昭和三二（一九五七）年に徳山ダムの計画が公開されたとあるが、戦後すぐの混乱期に、村の将来は、すでに決まっていたのではないか。ゆきえさんの話の節々から、そんな時代背景を僕は想像した。

山林とダム――。徳山村は都市の経済を支えるため、高度経済成長期のずっと前から、目をつけられていたと思う。戦後の混乱期に、これからの日本を見据えた計画はすでに始まっていて、村民は将来設計を予想することなく、まともに、まっとうに目先の豊かさを求め働き続けたのではないだろうか。

この山林を王子製紙が管理することも、僕にはダム計画の準備段階の一部のような気がしてならないのだ。昔の製紙事業は国策であり、国の管理の下、傷ついたはげ山の村をダムに転化する案は、最初から大きな枠組みの中の一部に含まれていたのではないかと想像する。だから、ダムの水の使い道はその時の都合で、後付けなのではないかと僕は疑っているのだ。ゆきえさんは、そのことを言い残したかったのではないだろうか。

徳山村の大地は、濃厚な関係の血で繋がり、先祖や家族が支えあって守ってきた土地だ。ゆきえさんを含め村民の多くは、先祖が植え続けた木々を大量に切り続け現金に換える生き方を、どこかで否定していたのではないだろうか。

この時代の子どもは、中学を卒業すると、ほぼ全員、村を出て行ってしまうような時代に変わった。高度経済成長期を支える子どもが欲しいと、街の高校から入学を頼みに来るくらいだったという。どちらにしても徳山村には高校がないから、進学するとなると街に出るしか選択肢はなかった。そして次男の博さんは、本巣市の高校に入学し、下宿生活に入った。まさにこの時代の真っ只中で育った。博さんの学費や下宿代が家計の負担になっていたが、まだ弟たちが徳山中学校で勉強していたから、親が村を出て、出稼ぎで留守をすることまではできなかった。それで村内で土方の仕事などをして食いつなぎ、なんとかここにとどまりながら、学費を工面しなくてはならなかった。

博さんが高校を卒業すると、入れ違いに今度は末っ子が街の高校に進学した。これで廣瀬家の子どもたちは全員、村を出た。それはどこの家庭も同じような状況だった。

高校を卒業した博さんは、今度は東京の商船大学に入学した。司さんやゆきえさんは、働いても働いても、金は懐を素通りしていくだけだった。

「山奥で育ったもんが、海の仕事を選ぶ変わった子やった。でも徳山村で、東京の大学に出すというのは、稀な話やった」と誇らしげな表情が印象に残った。

「子どもたちが街に出て行ったで、門入には司と二人きりになった。でも学費だけは、最低でも稼がなくてはならんかった」。ただその仕事も冬場にはできなくなる。まだ子どもたちに金がかかる廣瀬家は、二人で出稼ぎを考えるようになった。

門入では、トチ板を運ぶボッカの仕事があったが、その時代はすでに終わっていた。ホハレ峠は、王子製紙が切り出した材木を運び出す道路として稼働し、そこを歩いて行き来する者などいるわけがなかった。現金収入を得るためには、街に出るしかない。

昔と違い、坂内村に行く用事もなくなっていた。門入でも車を持っている人が何人かに増え、村道を通って本郷に出て、街に出ることができるようになっていった。それに門入でも、塩や砂糖、魚やうどん、そば、酒など坂内村に行かなくては手に入らなかったものが、近所で買えるようになった。

徳山に帰ってきてからの初めての出稼ぎは、末っ子が高校に行った年の冬。子どもたちの高校からも近い県内の北方町高屋という住所にあった「さん工房」という会社で働いた。子どもたちとは、休みになると時々会うことができた。それからというもの、毎年一二月になると四カ月間くらいは、出稼ぎに出た。

こうして五〇代の冬の徳山をほとんど体験することなく、雪が溶けた頃に村に戻ってくる生活が多くなった。それは廣瀬家だけでなく、他の家庭も同じだった。だから冬は、中学生までの子どもを持った両親と、その祖父母くらいしか村にはいなかったという。三男が本巣の高校に通っていた三年間はその近くで働いていたが、卒業してからは違う会社を選んだ。

その後、司さんは、名古屋の東洋工機という自動車の部品を製造する工場で仕事が決まった。徳山村の人と繋がりがある会社で、戸入の人は昔から働いていたし、門入の人も三人ほどが働いていたという。

「本郷から村営バスで根尾（現在、本巣市）に出て、岐阜駅に向かうバスに乗り換えた。わしは名古屋には行かず、岐阜市で働こうと思っとった。バスを降り司と別れ、わしはまず繁華街の柳ヶ瀬に向かい、パチンコ屋の様子を見ていた。人の出入りが多くて、忙しそうやなって思った。きっとここなら仕事があるんではないかと思い、飛び込みで店長に仕事はありませんか？と頼んでみたんや。そしたら二つ返事で働けることになってな」。その場で仕事が決まった。店は、パチンコ「一億」。

「でも、仕事が決まらなかったら、その日の晩は宛てもなかったんでしょ？」

「そうやな。路頭に迷ったとしても、泊まるところは岐阜市内にあるでな。

徳山村の人が集う連絡所と呼ばれていた『国枝』という宿が、長良川の忠節《ちゅうせつ》橋のたもとにあったんや。そこに泊まればいいと考えとったけど、すぐに住み込みの仕事が見つかったで、この日は、国枝には行かんですんだんや」

「国枝」という連絡所って、一体どのような場所なのだろうか。ゆきえさん以外の村民からも、「国枝」がよく話題に出てきた。僕は気になって、忠節橋のたもとの連絡所「国枝」を探しに出かけた。忠節橋の辺りを歩き、商店の人に尋ねてみた。

「この辺りで、国枝さんってご存知ですか？　徳山村の人たちを泊めていた連絡所を営んでいたと思うのですが」

「あぁ、徳山連絡所の国枝さんのことだね。あの家ですよ。おばあちゃんは今もお元気ですから」

そこは看板もない、三階建ての普通の民家だった。一見、昭和五〇年代を思わせる旅館にも見えた。

国枝三枝子さん（八八歳）が玄関の戸を開けてくれた。ご主人は他界されていたが、当時から「徳山連絡所」と言っていたそうだ。「覚えていることは何でも話すよ」と言ってくださり伺うことができた。

「私は、終戦後の昭和二三年に関市（岐阜県）から嫁いできて、三年後の昭和二六（一九五一）年から連絡所を始めたのよ。ここは旅館ではなかったんやが、徳山村の人たちが街に来た時の拠点になっとったところでな。義理の父が養蚕の仕事をしておった時から徳山村の人たちと繋がりがあったようなんです。毎日のように村の人が泊まっておったし、村で仕事をする人たちも、ここに来ておった。噂が噂を呼んだんやろうな。きっと義理の父が、街に出てきた時は、うちに泊まっていけ！とでも言っていたんじゃないかな。

当時は一泊二食付きで二五〇円やった。風呂は近所の銭湯に行ってもらった。雑魚寝で飯を食って寝るだけのもんや。儲けることなんか考えていない値段やった。飯だけを食べに来る人もおったよ。昭和五〇年頃で『徳山連絡所』が終わったんやが、その頃は三五〇〇円くらいもらっとったかな？　私は徳山村へは一度だけ行ったことがあるけど、村の人のほとんどが、うちのことを知って

徳山連絡所を営んでいた国枝三枝子さん

いると思う。電話をしてから来る人もおったが、突然来るお客さんばかりやったで、それに合わせて夕飯も準備せんといかんかった。だから泊まる人の食事は、ご飯と味噌汁と野菜の煮物や魚の干物と簡素で、ほぼ決まっとったんや。残ったらうちの家族で食べればいいでしょ。

長良川の花火大会も見に行けんくらい忙しかったんよ。根尾（根尾で徳山村行に乗り換え）に行くバス停がすぐ近くにあったで、朝七時発のバスに乗って、村に帰って行った。早く帰ってもらわんと、部屋が片付かんでな」と笑った。

看板も宿帳ももう処分されていたが、一階の居間に、徳山村と福井県の県境にある揖斐川の源流の冠山の写真が飾られていた。きっとその写真を見て、故郷を思う人が多くいたのだろう。写真は、この建物に残る唯一の名残りだった。

司さん一家が、パラグアイに移民する話があった時、岐阜県庁に一週間ほど検査をするために県庁へ通っていた時の拠点にしていた宿も、この「徳山連絡所」だったことが、博さんの話でわかった。国枝さんにその話を伺ってみると、うっすらと覚えていたのだが、それ以上の記憶を聞き出すことはできなかった。

お会いして3年が過ぎたころ、久しぶりに「国枝」を訪ねたが、留守ばかりで音沙汰がない。当時八八歳だったから、何かあってもおかしくはない。息子さんご夫婦と暮していることを聞いていたから、とりあえず様子だけでも知りたいと思い、僕はポストに置き手紙をした。しばらくして、息子の博さんから連絡があり会うことができた。嫁の美由紀さんも待っていてくださり、3

徳山連絡所の壁に、冠山の写真があった。村の人たちは、これを見ながら
酒を呑み交わしたことだろう

人で話をすることになった。

「母は、昨年から施設に入所しているんですよ。徳山村の話は聞いてみたのですが、もう思い出さなくなっていましたね」

僕が訪ねた時の記録が最後になってしまったが、せっかくなので、息子の博さんにも話をして聞いてみることにした。

「この家は、徳山連絡所をやめてから建て直したものなんですよ。ちょうど私たちが結婚した昭和五五（一九八〇）年に、一応、連絡所をやめた形にしていましたが、すぐにはやめられず、まだ泊まって行く人はいましたね。でも泊める客は、常連に限っていましたが」

たしかに昭和五五年ということは、そろそろ徳山村から移転地への引っ越しが具体的になってくるときで、連絡所の役目も終盤ではあったはずだ。

「村の人は徳山連絡所って言っていましたが、本当は、『徳山連絡所　いずみ屋』って言っていたんですよ。いずみっていうのは父親の名前なんですがね。きっと徳山村のほとんどの人がここを知っていると思うんです。予約なんて何もありませんよ。いきなり今夜泊まらせてくれ！って夜八時以降にくるわけですから。柳ケ瀬で呑んでその足で来ますからね。

旅館ではなく闇のような商売でしたから、税務署が目をつけて、朝から夕方まで張り込んでいた時がありましたよ。でも、柳ヶ瀬で呑んで、朝早く出て行きますから、公務員の仕事時間の張り込みですと、いつも誰もいない普通の家だったんです。そんなのんきな時代でしたね。

僕が小学生の時は、自分の家なのに必ず誰かが泊まっているようなにぎやかな家で、父親は家に帰りたくないって言っていましたよ。たしかに落ち着かないですからね。家には自分の居場所がなかったんだと思います。

ダムの大きなお金の話とか、村では話せないことを、みんなここで神妙な面持ちで議論していましたね。子ども心に大切な話をしているんだなって感じていました」

博さんの祖父が徳山村で木を切り出していた時に泊まっていたというのが、そもそも村との繋がりだったそうだ。それが口コミで広がり、自動車免許を取るのも高校受験も、岐阜市に行くとなれば日帰りできないため、みんなが「徳山連絡所　いずみ屋」を利用したというのだ。

ここに司さん、ゆきえさん夫婦も何度も泊まっている。たしかにゆきえさんは、その日に仕事場の寮にたどりつけなかったら、連絡所に行けばいいと言っていた。予約なんてするはずがない。

そのゆきえさんが、岐阜市内で見つけた仕事は、市の中心地、柳ヶ瀬のパチンコ「一億」だった。

「若いで、怖いもんなしや。それにカネを稼がんと暮らしていけんしな」と笑った。

「パチンコと言っても、仕事の中身は、住み込みで働いとる従業員の飯炊きやった。わしはホールで働くもんやと考えとったら、得意な飯炊きに回されたで、嬉しかったんや」

一階がパチンコで、二階が従業員たちの住み込みの部屋だった。

「もう一人、飯炊きのおばあさんがおって、その人と二人で朝昼晩と三食を作っとった。驚いたのは、とにかく柳ヶ瀬が賑やかでな。ちょうどそのころは、美川憲一の『柳ヶ瀬ブルース』が大ヒットを収めたころやった。人のおらん徳山から来とるで毎日が祭りに見えたんや。二階から下を覗き込むと、真っ黒の頭がうじゃうじゃおるんや。歩く間もないほどみんなが肩をぶつけ合って歩いとってな。今まで見たこともない光景やったよ」

出稼ぎは約四カ月間。それが終わると再び徳山村に戻り春を待つ。

この時期は、徳山に帰っても家では司さんと二人だけの生活になった。次男は、東京の大学に進み、三男は本巣市の高校。四男は中学を卒業すると大垣市内で働いた。

廣瀬家にとって、一番、お金のかかる時期だった。翌年もその次も、毎年雪の降る少し前に村を出て、出稼ぎで学費を稼いだ。翌年も、ゆきえさんは同じようにパチンコ屋で働くのだが、昨年働いた「一億」とは違う店で働いた。今度は飯炊きではなく、景品交換所の係だった。

司さんも昨年とは違う会社で働いた。今度は安八郡神戸町《あんぱちぐんごうどちょう》の紡績工場だったが、細かい作業が、どうもうまくいかなかったようだ。

「うまくいかんのなら、わしのパチンコ屋に来い。口利きをしてやるからと司を引き上げさせ、同じ職場に呼んだんや。

わしが働いていたのは、『都センター』というパチンコ屋だった。司はそこの駐車場係になった。二時間までは無料だが、それ以上になると駐車料金がかかった。主にそれの管理をやっていた。一人がひと月働いて二万円。四カ月やで一冬で8万円くらいやった。徳山では一銭にもならんから、安くてもありがたい収入源になったんや。

さらに翌年は、大垣市荒尾にあった大きな紡績工場（和光）に就職が決まった。大きな工場で、一〇〇〇人くらい全国から女工さんが来とった。わしが若い時、まだ幼い妹たちを連れて、滋賀県や愛知県などに通った頃のことを懐かしく思い出したもんや。岐阜や愛知や滋賀は紡績が盛んなところやで、全国から若い子たちが来ておった。まだまだこの仕事が続いとったんや。

わしはそこでは紡績ではなく、食堂の勤務やった。大学に行っとる博に、郵便局から生活費の振り込みをするんやけど、そこの局長が、『東京の大学かね。おばさん、よう頑張っとるな』って言ってくれて、少し誇らしげでもあったし、その苦労を褒めてもらったような気がして嬉しかったことを今も覚えとる。徳山から東京の大学に出すという話は、ちょっとした自慢やったでな」

司さんとゆきえさんの次の世代は、村を離れ町で働く人がほとんどだった。村にとどまって働く人は、学校の先生か役場か郵便局くらいのものであろう。結局、ゆきえさんの子どもたちも、就職時期になれば全員が村を出た。そしてそれ以後、子どもたちは帰ってくることはなかった。

僕が司さんとゆきえさんに初めて出会ったのは、この時期からまだ数年先、ダムの工事が始まり、村民のほとんどが村から出ていた時期だ。廣瀬司さんが七五歳、ゆきえさんが七四歳だった。春は山菜、秋は山の実をとって、のんびり暮らしていたときに、僕はひょっこりとオートバイに乗って現れた。そしてのんびり過ごす二人を見て、徳山村はなんていいところなんだと素直に思った。こんなすばらしい村に、日本最大のダムを造ることがどれほどの罪作りなことか。僕はカメラを片手に取材を始めた。

世間では、たとえ徳山ダムが完成したとしても、溜まった水は使いようがないとも言われていた。批判され始めていた中で、僕は廣瀬司さんとゆきえさんに出会った。この二人の背景などまったく知らない時にトンチンカンな質問をしていたのではないかと、今になって恥ずかしい思いだ。

一緒にいる時間が長かった中で、この二人が何を考え、どんなことを言葉にしたかったのか、こだわりの根底にあるものとは何だったのかを、僕はしきりに考えるようになった。それがたとえ、直接ダム問題に繋がっていることではないにしても、間接的に僕も理解できることがあるのではないか。二人の暮らし方を見ていてそう感じるものがあった。

それは徳山村民の誰しもが心の奥底に秘めていて、前面に堂々と吐き出せるようなものではなかったのではないか。「悲しい」「寂しい」「辛い」と、簡略化した言葉を使いながらとりあえずの自分を表現し、今を乗り越えようとしてきたのではないか。心に秘めたものが、しこりのように残ったまま、しまい込んだ人も多かったと思うのだ。

僕にも取材内容が煮詰まってしまったことがたくさんあるが、その中でもゆきえさんの「やるせなさ」をどんな言葉にすればいいいかを考えることがとても難しかった。

結局、国から与えられた目先の恩恵は、将来の何かになるものではない。いっときのことで、その場つなぎの財産を与えられたにすぎない。

壊すことは簡単なことだ。しかし長く積み上げてきた年月は途方もないもので、一度壊したら元に戻すことはできない。その重みは他人には到底分からない。ましてや国が出て行って欲しいという説得の中には、愛情のかけらすらないわけで、その気持ちを少しでも知ってもらいたいがために、ゆきえさんは村に最後まで残ったのではないか。ダムを中止にするべきかという議論ではなく、人間が生きていく根源を見せようとしていたと思うのだ。

　こうして僕は、グルグルと頭の中でゆきえさんの生い立ちを思い出しながら解いてみようと何度も試みた。


「なあ大西さん、今日の昼ご飯は、うどんでええか？　材料がないで、車で近所のスーパーに乗せて行ってもらいたいんやがな？」

　徳山村を離れてからの暮らしは、一人暮らしにしてはやや大きめの冷蔵庫の中に、食材が本当に入っていなかった。冷蔵庫の中を見るたびに、徳山村の暮らしがいかに豊かだったということに気がつく。

　徳山村では、冷蔵庫で保存された四季折々の食材の他に、塩漬けされた山菜や漬物などが豊富にあり、台所には常に季節感があった。しかし岐阜の町に引っ越してからは、スーパーでパッケージされた魚の切り身やパンなどの買い物をするようになり、この家にも春夏秋冬が消えつつあった。

「これなあに？」と、徳山村にいるときは聞かないとわからない食材が多く、秋には、舞茸やナメコ、イノシシの肉もあった。熊の肉も時々食べさせてもらった。いつも僕はその食料で作ったたくさんの料理でお腹を満たされ、ゆきえさんの味付けが舌に染み付いていた。

今では生活費を少しでも切り詰めようと、三割引や、おつとめ品など、表示価格より少し安くなった品々をあえて選んでいるようだった。

近所のスーパーに、移転地から年寄りが歩いてくるには少し遠い。カートを杖代わりにし、その上に籠を乗せ、野菜コーナーや魚コーナーを見て歩く。何を買うわけでもなく行ったり来たり……。僕にとってのゆきえさんは、とても大きな存在の人だが、こういう場所に出てくると、日常の光景に同化し、どこにでもいるおばあちゃんに見えてくる。

「うどんに使う薬味のネギがないでな。一本買ってこようと思うが」

そう言いながら野菜コーナーのネギを探した。

「広告の品！　三本九八円」。特価品の真っ白で綺麗なネギが山積みにされていた。

「ちょうど良かった！　今日は安いから買っていったら」と、咄嗟に僕はゆきえさんに言った。ゆきえさんがネギを手に取り、しばらく考えたのち、そのネギの束を元の場所に戻してしまった。

「ん？　ネギを買うって言っていなかった？」

「そう思っとったが、今日はええ、やっぱやめた」

僕はその時、家に少しでもネギがあるのだろう、という程度にしか考えていなかった。自宅に戻ると、ネギの入っていない暖かいうどんを作ってくれた。

「やっぱりネギ、家にもなかったんだ」

近所のスーパーに買い物に出かける日々。畑はほとんどやめていた

「そうじゃない。なあ、大西さん！　なんで、わしが九八円の特価品のネギを買わなあかんのやって思ったんよ」

ゆきえさんがそう発した瞬間、空気が張りつめたような気がした。

「わしは、たくさん人のためにネギも作ってきた農民や。北海道でも徳山でも人のためにたくさん作ってきた。自信を持って畑でネギを作って、みんなにくれてやったもんやが、その農民のわしが、なんで特価品の安いネギを買わなあかんのかなって考えてな。惨めなもんや。ちょっと情けなくなったんや。

わしら家族は豊かになるはずじゃなかったんか！って思ってな。徳山村を出ることで、暮らしが豊かになるんやって、ダムを造る国の偉い人らに何十年とこんこんと教えられ続けてきたんや。それを半信半疑で聞き続けていた。

おばあちゃん、ここに印鑑を押してもらえたらいいからって。しばらく経って、貯金通帳に見たこともない金が入っとった時は、驚きとともに嬉しさが込みあげてきたのは、正直、本当のことや。

あれから数十年が経って、その貯金の額がみるみる減り続けてきた時、ここに家を建てて二〇年くらい経った時やった。生きている間に底をついてまうとは思わんが、金、金ってなんかみじめでな。何もかも売ってしまったで、後生に残せるもんが何も無いんよ。

先代が守ってきた財産を、すっかりこと一代で食いつぶしてまった。金に変えたら全てが終わりやな」

ゆきえさんは、時代の大きなうねりの中を生き続けてきた人生だったのかもしれない。先代の考えも尊重しつつ、新しい暮らしも受け入れなくてはならなかった。僕は言葉に詰まった。

「どうしようもなかったんだよ、ゆきえさん！」

咄嗟に思いついた言葉は、その程度のものでしかなかった。

徳山村は命の大地

ゆきえさんの人生は、徳山村の大地の歴史からすれば、点でしかない。そして完成した徳山ダムもこれから何十年先に続こうが一時の巨大な異物でしかない。しかしゆきえさんの人生は、ずっと長く繋がってきた、尊いものだ。

この長く続いた騒動で得た財産は、ゆきえさんの心には残らないものばかりだった。最後の一人になっても、村から離れられなかったのだ。その行動は、やるせない気持ちの表われだった。

門入の家系図は、蜘蛛の巣のようにほぐしきれない人間関係が入り組んでいるのだが、そのほとんどが親戚だということもしつこい取材で知った。実際、いとこの関係であっても、手繰り寄せれば実は兄弟だったりする。子どもがいない家庭には、養子や養女があてがわれ、その家族の後を継いでいる。その家族が絶えないようにみんなで助け合った。家系図には、村を維持させるきずなが展開図のように描かれていたのだ。

司さんの家族が、北海道開拓に行っても、外の血を入れることなく、わざわざ故郷の徳山村からゆきえさんを呼び寄せ、息子である司さんと結婚させ村の血を守った。それは北海道にいても徳山

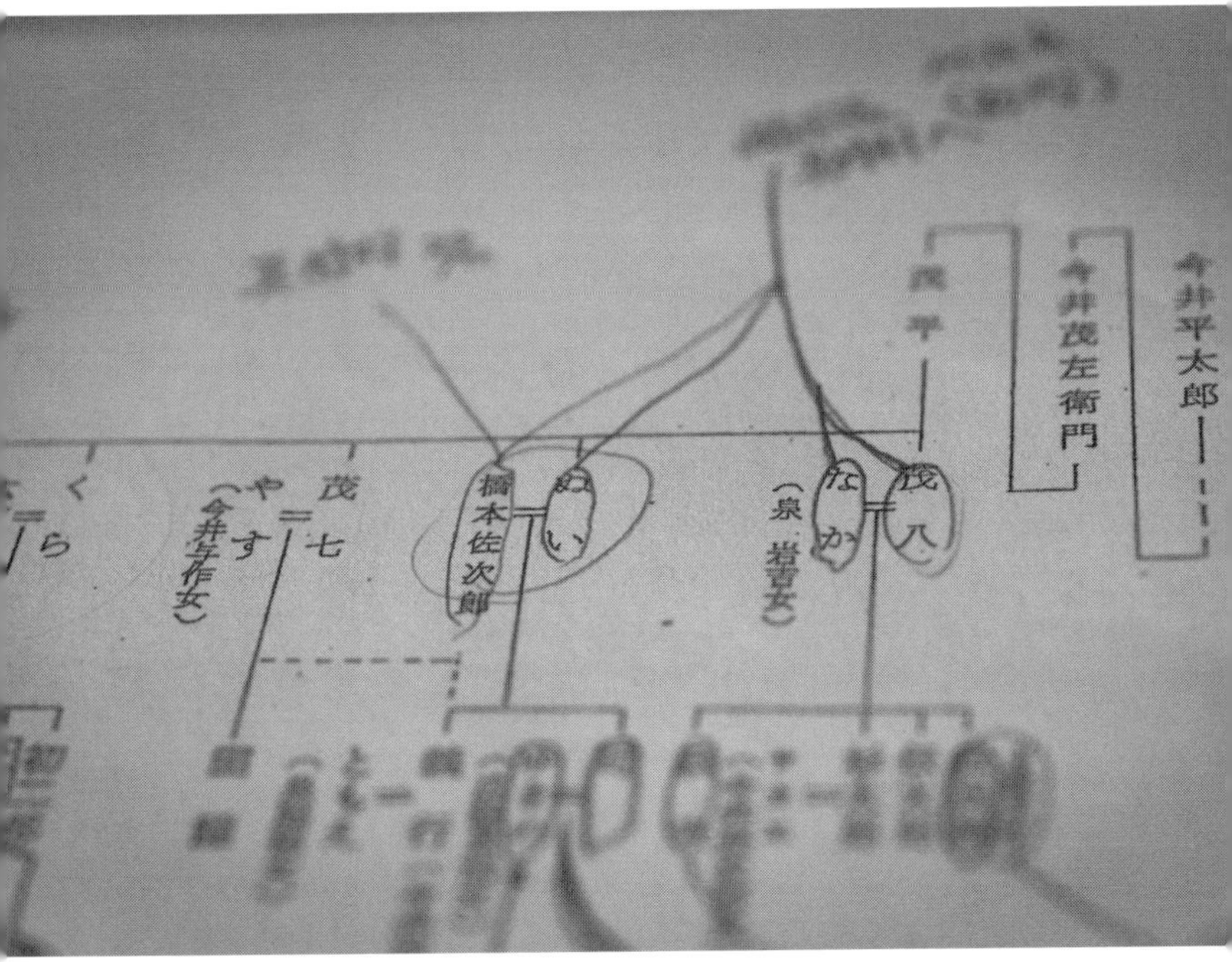

命をつないだこの家系図に、すべての答えが記されてあることに、
ある時気がついた

村を守り続けている心だった。結婚してからも、ゆきえさんの母方の実家が絶えてしまうという理由から、司さん夫婦をわざわざ徳山村に呼び戻し、廣瀬家と養子縁組を交わし、母親の実家をつなぎとめた。それがあったことで、今の廣瀬家がたしかに存在する。

つまりダムに沈んでしまう運命の大地には、今まで必死に先祖が繋いできた血縁が染み込んでいる。今の時代からは考えられないが、門入集落は、大きな家族そのものが育った大地だった。だからその大地を切って売るという現代の感覚は、身体の一部を切り捨てるくらい悲痛な叫びだったのだ。村民の気持ちは、僕たちには理解できないほど深いところで繋がっていて、それを切り離すなど、村民の心には存在しないものだった。それが、僕にはわかったのだ。

環境破壊や政治的なことでの反対は、現代では当然必要な議論だろう。しかし徳山村の人たちは本来、それとは別に、家族の形を変えたくない、村の血縁を壊したくないという思いが強かったはずだ。集団移転などというのはまるで筋違いのことで、そこには村や家族の形はない。すべてがそれに似せたものでしかなかったのだ。

司さんが、医療のない徳山村で寝たきりになっても暮らし続けたわけも、ゆきえさんが村の最後の一人になってまでも暮らし続けていたわけも、心の奥底にそのことが根付いていたからではないか。僕はようやくそれに気がついたのだ。

司さんは北海道生まれであり、父親が開拓した土地で育ってきたが、自分の手がけた土地は存在しなかった。徳山でも養子に入った廣瀬家の土地だった。結局、自分の手で土地を得ることができなかった。だから満州やパラグアイなど大冒険をしてまで自分の大地を得ようと考えた。しかし、養子に入った徳山村の土地でさえも国は大金をはたいて奪った。つまり司さんは国に丸裸にされたのだ。この悔しさを理解しようにも、僕には重すぎる歴史だった。

「金に変えたらすべてが終わりやな」

僕は、その言葉の深みを今になって噛み締めた。廣瀬家にとって価値あるものとは、金ではなく人を育てた土地だったのだ。薪ストーブにたくさんの薪をくべ、日本酒を片手に酔っ払いながらも、司さんは言葉を震わせていた。

「ここは国の土地でもなんでもないんや。自分たちの先祖や村の人たちがずっと昔から育て上げてきた、わしらの土地なんぞ」

僕は、その言葉を忘れることはないだろう。この時代に僕は生まれ、ギリギリながら徳山村の最後に立ち会った。なぜ、ゆきえさんは最後の一人になるまで不便な暮らしを選んだのか。それは徳山村取材の最大の難問であり、答えだった。そのためだけにゆきえさんの足跡を見つけ出し、北海道真狩村に通い詰め、昔の資料を探し出した。経済的な豊かさを優先させた結果、僕らの社会がダムが必要であると方向付けた。僕たちは、贅沢な暮らししか知らず、お年寄りが築いてきた価値観を感じることもなく、受け入れようともしなかった。だから、より快適になっていくこと、贅沢になっていくことに歯止めが効かず、増幅していくしかなかった。これからも、その度に人の都合が優先されていくことだろう。それは終わりなき人の欲であり、後ずさりすることは、僕たちにとってとても勇気が必要なことだ。僕はゆきえさんが言い放った一言が今も脳裏に焼き付き、何度もくりかえし思い出す。

「先祖の土地はすっかりこと、この一代で食いつぶしてまったんや！」

ゆきえばばが、死んだ

二〇一三年八月二日。

夜八時を少し回ったところで、僕の携帯電話がなった。相手は、廣瀬ゆきえさんの甥の中村治彦さんからだった。いつも気さくで明るい印象の人だが、今日は様子が少し違っていた。めったに電話などかかってこない人からの突然の連絡は、なにか不吉な予感がして、その先を聞くのが少し怖い気がした。

もしかしてゆきえさんの身に何かあったのではないかと、咄嗟にそう予感した。

「ゆきえさん……亡くなったよ」

あぁ、やっぱり……。覚悟していたわけではないが、何かあっても不思議ではない年齢だった。ゆきえさんは九三歳になっていた。死のことをなるべく考えないように先送りしていたが、やっぱりゆきえさんも死んでしまうんだなと、当たり前のことを思った。

僕はめまいを起こしたように、ぐるぐるとよろめき、何をしていいのかよくわからない状態で、慌てふためいた。

「この前まで元気だったのに！　つい先日だって、僕と二時間も話をしたし、昼ごはんも一緒に食べたんだよ」

治彦さんに何を言ってもしょうがないのはわかっているが、何か言うことでその場の自分の気持ちを落ち着かせるしかなかった。

「とにかく、今すぐそっちに向かいますから」

そう言って、慌てて出掛ける準備を始めた。電話でやりとりしている僕に異変を感じた六歳の娘が、不安そうな表情で僕を見ていた。

「とおちゃん、どうしたの？」

「あのね……、ゆきえばーばが、死んだよ……」

「死」という出来事をまだ経験していなかった娘だが、それを聞いた瞬間、落ち着かない表情を見せ、呆然と僕の部屋の入り口付近に立ったまま自然に湧き出る涙をぬぐっていた。

「かあちゃん！」と飛び出すように、妻の所に駆け寄っていった。

僕は、すぐに準備をして、ゆきえさんが暮らす本巣市文殊に向かった。いつもならバイクで三〇分以上かかる道のりだが、いつもより早くゆきえさんの自宅に到着したような気がする。門前に警察官が立っていて、立ち入り禁止のテープが貼られていた。辺りは事件でもあったのかのような物々しい雰囲気に包まれていた。

「ちょっと今は中に入れないんです。ご親戚の方ですか？」

「いえ……友人です」

あまりに年の離れた友人に、立っていた警察官は困惑した様子だった。

「ご親族の方々は、近くの家に集まっているようですので、そちらでお待ちください」

僕は電話をもらった治彦さんの自宅に向かった。ここから単車で三分ほどの距離だ。ゆきえさんの妹たち、甥や姪たちも集まっていた。

「大西さん、やっとかめ（久しぶり）じゃな。心配かけるな」とみんなに迎えられた。それくらい廣瀬家とは付き合いがあった。

「台所で倒れていたそうなんだ。きっと今日じゃないと思う。だから事件性がないか、警察が調べているということなんだよ。第一発見者は博さんだよ！」

しばらくの間、甥の家に待機することになった。空気がどんよりしていた。年老いた妹たちも、姉に早く会いたい様子だった。しかし今は、博さんからの連絡を待つしかなかった。最後はいつ会ったかという話題になった。そのやりとりを聞いていると、一番最後に会ったのは僕だったことがわかった。僕は、暇を見つけてはゆきえさんに会いに行き、昔話を聞き続けていたのだ。最後に会った日の様子をみんなに話した。そして近くのスーパーに買い物を頼まれたことも伝えた。

「何を頼まれて買ってきたの？」

「つゆのもと、上新粉、あんぱん三つ」

「あんぱん三つ？」

「そう、粒あんパンが好きだったんです。三つというのは、僕と一緒に食べて、残りのもう一個は一人でゆっくり食べる楽しみだったのだと思いますよ」

「ありがとうな！　そんな世話までしていてくれたのか。親族以上の付き合いをしてくれとったんやな、大西さんは」と、妹たちが僕に頭を下げた。

「寂しくなると、よく電話がかかってきて、遊びに来いと呼び出されたりしていたんですよ」と、笑いを含めた明るい話題に変えると、みんなの顔が少しほころんだ。

日頃のゆきえさんとのやりとりを話しているうちに、警察の事情聴取で現場に立ち会っていた博さんから電話がかかってきた。もう二三時を回っていた。

「今から警察署に遺体を運ぶそうだ。少しだけ逢えるからみんなこっちに来い！」

早速、揃ってゆきえさんの自宅に向かった。数人の警察官が、家の中を案内してくれた。

「こちらへどうぞ」と仏間に案内された先に、ゆきえさんが布団の上に寝かされていた。静かに眠っているようで、まだ細い息をしているかのような穏やかな表情だったが、目の下に大きなアザができていた。倒れた時の衝撃で、机の角などで打ったものだろう。とても痛々しそうだった。ようやく現実が理解できた。そして涙が無意識のまま溢れ出た。「ゆきえさん！」と近くで声をかけても、いつものような反応はなかった。仏間に僕だけを残し、親戚は気を使ってくれたのか、隣の部屋に移動していった。

白くなった乱れた髪の毛を少し整え、顔から肩にかけ撫でた。ゆきえさんに触れるのは、これが最初で最後だった。こんな硬い髪の毛だったんだと新鮮な印象を持った。

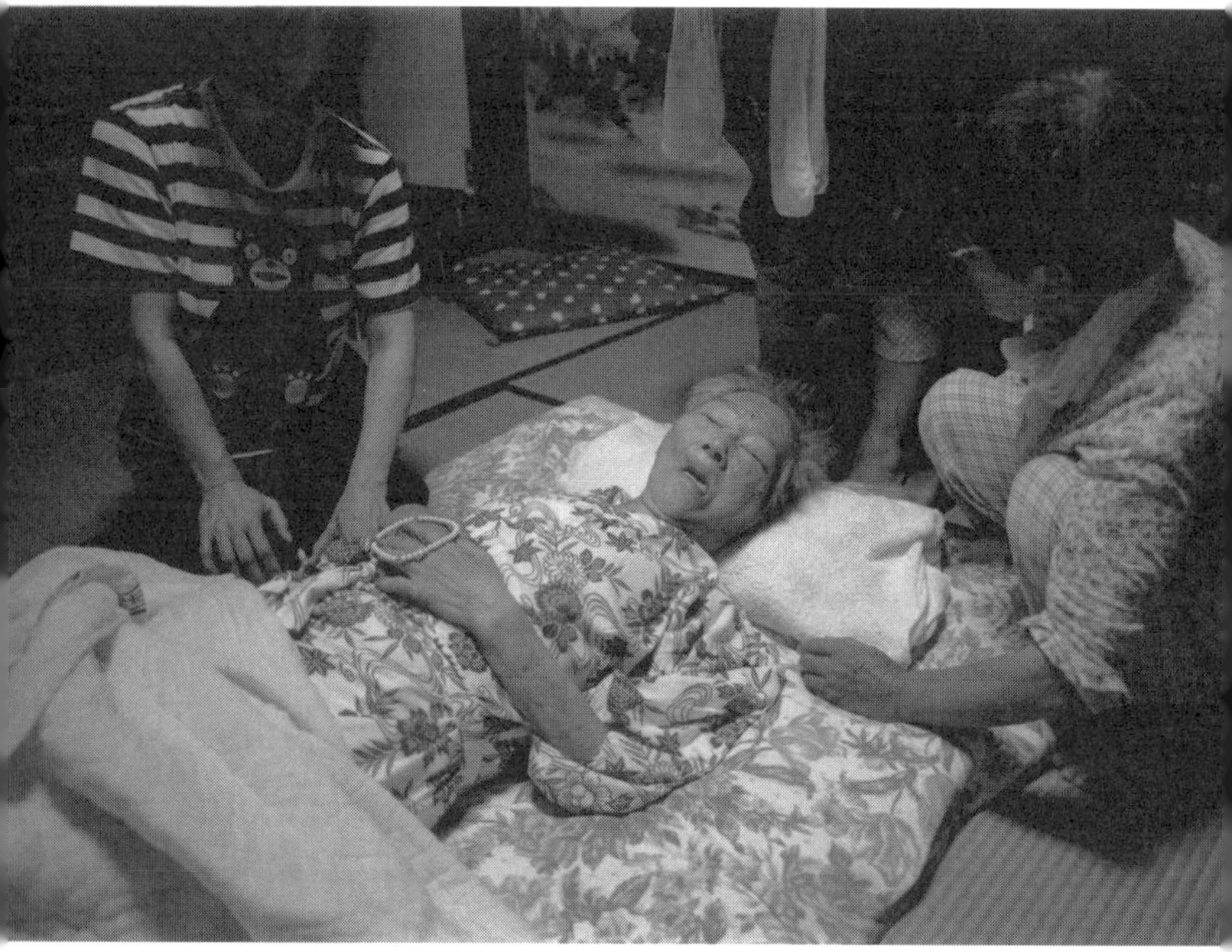

言い残してくれた言葉のすべてが、愛おしかった

「やれ、大西さんかやっとかめじゃ、まめでおったか！　今日も待っとったぞ」

いつもの第一声が聞こえてきそうだった。僕はゆきえさんと向かい合っている時間がとても楽しく好きだった。ヘルパーの仕事をしている姪が、僕のいる仏間に戻り、白髪交じりの頭をなで、「長い人生、ご苦労さんだったね。これで楽になったね」と声をかけた。

楽……。いろいろな意味が込められているような気がした。

口元を濡れたタオルで拭いていると、口の中から、一粒の枝豆が出てきた。

「茹でた枝豆をつまみながら、ご飯を作っていたのね。ゆきえさんらしい最期だわ。台所で倒れていたのもふさわしい場所かもね。人のためにたくさんのご飯を作り続けてきたからね」

たしかにそうだなと僕も思った。台所には、作りかけのみそ汁があり、まだ保温になったままの炊飯ジャーが床に置かれていた。

いつもと変わらない台所の光景だった。ヘルパーさんや他人の世話になることを極力嫌っていたゆきえさんは、不自由でありながらも炊事から洗濯などすべて自身でこなしていた。食事の準備をしていた様子から、ゆきえさんが倒れた時間は、一四時から一四時半の間だと僕は予想した。僕がここで遅い昼ご飯をごちそうになるときと、よく似ていた光景だったからだ。

「ではそろそろ」と警察官が霊安室に運ぶための担架を運んできた。事件性はないとわかっていても、銀行通帳が発見されないため、今日は霊安室に運ぶという。お通夜もお葬式も、日程がすぐには決められなさそうだった。

親族のみなさんと深夜一時くらいまで話をし、家に帰ると妻が起きて待っていてくれた。

「安らかな顔をしていたよ。本当に残念だった。もう少し話がしたかった」と言うと、六歳の娘のその後を妻が話し始めた。

「あんな泣き方は初めてだった。本当にあの子なりにつらかったのだと思う」

な～る～み（娘の名前）ちゃんっていう呼び方が優しくて好きだったとか、ゆきえばーばが作ってくれたみそ汁が美味しかったとか、うちに遊びにくるって約束していたとか、今まで聞いたことのない話をしたという。

「泣いて泣いて、寝付かなかったから、だっこしたまま外に出たらきれいな星が出ていて、それを見て、きっとあの一番明るい星がゆきえばーばだよと言って、気が付いたら眠りについたのよ」と妻が話してくれた。

僕は、娘を連れて何度もゆきえさんの自宅に遊びに行っていた。大正生まれのおばあちゃんの記憶を少しでも残していてもらいたかったからだ。娘との年の差は八七歳だった。

翌朝、博さんから電話があった。

「おふくろが警察から戻ってきたから」

早速、本巣市の家に向かい、静かに眠っているゆきえさんの元に駆け寄った。僕以外は親族ばかりだったが、こんな日に受け入れてくれる家族のおおらかさは、ゆきえさん譲りなのだろうと思った。それだけ僕は、ゆきえさんとの関係も深く、それをみんながわかっていてくれた。

そして八月五日、一二時からお葬式が近所の葬祭場で行われた。九三歳の大往生だったので、悲しみよりご苦労様でしたという雰囲気が漂っていた。お葬式の最後、外にいたら、姪が慌てて僕を呼びにきてくれた。

「大西さん、これで本当にお別れだから、最後に見てあげて」

そしてゆきえさんの顔をじっと見つめていたら、妹さんが、僕の肩を後ろから叩いて、

「本当に兄さんにはお世話になったたな」

と言ってくれた。

棺の中にたくさんの花束と大好きだったあんぱんに囲まれていた。僕は我慢しても涙が止まらなかった。そしてゆっくりと静かに棺の蓋を下ろした。

廣瀬ゆきえ、九三歳。

二〇一三年八月一日の午後（推定）死去。

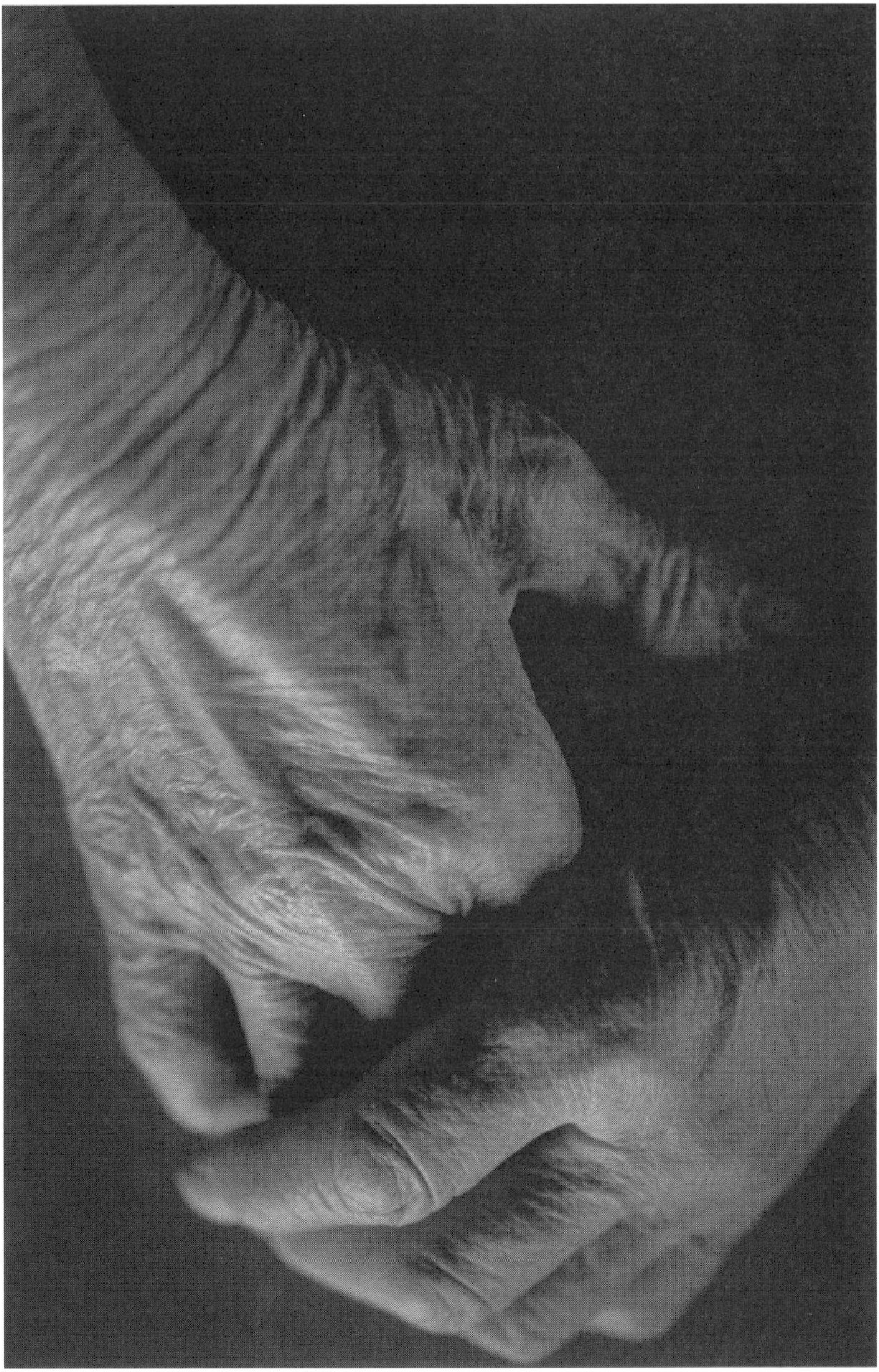

エピローグ

七人兄弟の一番末っ子の今井義行さんも北海道真狩村生まれ。司さんとは一〇歳も年が離れているが、徳山村に戻ってきた唯一の弟だった。

門入でミツバチを飼っている人で僕もよく知っていたが、名字が廣瀬ではなく今井だったので、司さんの弟だとわかったのは、ずいぶん後になってのことだった。

ダムができてから数年、義行さんに会うことはなく、風の噂だけを聞いていたのだが、司さんやゆきえさんの北海道での暮らしを知っている唯一の人なので、少し話を聞いてみたくなり自宅を探した。一〇年ほど前に一度だけ移転先に訪ねたことがあったので、記憶を頼りに辺りを探した。耳が遠いという噂も聞いていたので電話では無理だろうと思い、どこまで北海道のことを覚えているかわからなかったが、岐阜市郊外の北方町を探し、ようやく自宅を探し当てることができた。

玄関を開けた瞬間、

「おぉ、やっとかめじゃな。最近、あんたのことを思い出して、元気にしとるか考えておったところやったんや。縁があるな。わざわざ会いに来てくれたんか」

声はとっても元気だったが、玄関口に出てくるだけでも、かなり時間がかかった。あれだけ山を駆け上がり、ミツバチを追いかけていた人だったが、それはずいぶん昔のことのように思えた。

とても耳が遠く、相当大きい声を出さないと聞こえない。長い会話だと、こちらも大きな声が続かず、細かな話のやり取りが難しかったが、ゆっくりくりかえし話していけば、理解してくれた。義行さんも八八歳になる。本当に歳をとったなと感じたが、でも僕を見た瞬間の記憶力など、まだまだ昔のことはきちんと覚えていそうだ。

「僕、真狩村に何度も行ったんだよ」

「真狩にか！　そりゃ本当の話か！」すごくうれしそうに目を輝かせた。

「真狩に磯雄さんという人が暮らしておるはずじゃが、今も生きとるか」

「お元気ですよ。義行さんと近い年齢ですよね」

「そうそう、奥さんの敏子さんという人もおるか？」

ひとしきり、今の真狩村の状況を伝えた。義行さんはうるうるとした目で、今にも涙がこぼれそうだった。真狩村の話を一生懸命聞こうと、僕から目を離すことはなかった。

「もう兄弟も誰もおらんし、徳山村もない。寂しくなったもんや。司もゆきえさんも死んでまったで。でもいろいろな思い出が忘れんとおる。わしは兄貴と一緒の知来別小学校ってところに行っとったが、一〇歳も離れとると一緒に通学することはなかった。わしが入学した頃は、司は働いとったでな」

「あの小学校、もう校舎は無くなりましたよ。今は正門だけが残っているだけです」

養蜂家として働いていた頃の今井義行さん。
トチ蜜をよく採っていた

「そうだったか。家から一里もあってな。わしらは一番奥まった家で、学校の中で一番遠かったんや。みんなは馬ソリに乗ってきたりしていたけど、わしは歩いて通学したんや。冬は雪をかきながら歩いてきたもんや。羊蹄山を見ながらな」

僕も何度も行き来した道のりだから、義行さんと同じ風景を考えているに違いない。

司さんが生きていた頃は北海道のことを調べるとは夢にも思っていなかったから、本人からほとんど話を聞くことはなかったし、自ら話を切り出す雰囲気もなかった。ゆきえさんの話を聞くようになって、その面白さに気がついたが、司さんがいなくなった今では、すでに遅すぎた。そんな中、義行さんはあのころの雰囲気を知っている唯一の兄弟だった。

「司さんが結婚した当時のことを覚えていますか?」

「もちろん、器量の良い、美人な女性が嫁に来たもんやって思ってな。働きもんやったよ」

「この写真、わかりますか?」

「誰じゃ、もしかしてこの子は陸男か!」

「そうです。覚えていましたか」

「大西さん、なんでこの写真を持っとるんや」

「ゆきえさんが肌身離さず持っていたんです」

「そうやったんか、ゆきえさんは、ずっと引きずっとったんやな。当時は、幼い子に虫が入ると死んでしまう病で、今の時代やったら、治っとる病気やろうな」

「ところでどうして、義行さんは徳山村に戻ってきたんですか？　両親も他の兄弟は北海道なんでしょ？」

「わしは、知来別小学校を卒業したと同時に、父母とともに岩内に行ったんや。長男が呉服屋さんをやっとって、そこに丁稚奉公のような形で四年間ほど働いたんや。金勘定とかやったよ。配達に行ったり接客をしたりな。司とゆきえさんは、近くの国営農場に就職し、他の兄弟は結婚して、真狩からは出て行ったで、その後は、橋本家は誰もおらんかった」

司さんとゆきえさんが美原農場へ就職した話がここでも繋がった。あの時が家族や兄弟との別れだったのだ。今に比べて再会はずっと難しい時代である。どのように別れをしたのだろうか。

「それから四年が経った一六歳の時、徳山村へ養子に行きなさいという話になってな」

やっぱりここも、徳山村に呼び戻されていたのだった。

「母親の弟の茂七の家やった。そこには子がおらんかったんや。当時、よその子になるという意味がよくわからんかったが、親から捨てられたって気持ちになってな。母親と、何日も汽車に揺られて大垣駅まで乗って行ったことを覚えとる。それから徳山村での暮らしが始まったんじゃ。司とゆきえさんは、それから数年後にわしの後を追うように、徳山に戻ってくることになったんや。だから司も徳山のことは全く知らん人間や」

本来は兄弟なのだが、いとこのような関係性になっていた。今の時代に生きている僕にはとても理解が難しかったが、徳山に限らず、日本中の小さな村ではよくある話だということがわかってきた。小さな山村では、こうして様々な家族が入れ替わり、濃密な家族関係、そして集落同士の濃い関係を築いてきたのだろう。それは第三者をなかなか受け入れない村社会の原型のようなものだった。だからこそ、ダムで沈んでバラバラになっていく時代を受け入れるのには、相当な決断を強いられたと思うのだ。

村を手放すことの重みや深みは、その土地に暮らしていた者でないとわからなかった。そこの住民にとって、世間が巻き起こす反対運動とは次元の違うものが働いていたのではないか。

これほどまでに血の濃い地域を崩していった国の権力とは、本当に恐ろしいものだと感じた。村を根こそぎ沈めていくというのは、土地だけのことではない。人間関係もすべてである。

二〇一八年六月二八日。司さんの次男の博さんから電話が入った。

「門入の家で、義行さんが死んだよ」

僕が会ったわずか二カ月後だった。会っておかなくてはならない胸騒ぎというものは本当だと思った。徳山村村民で真狩村のことを語れる人がすべてこの世からいなくなった。

義行さんも五月から徳山に行くとたしかに言っていた。この状態でも山に行くのかと思ったほど体力は落ちていたし、たとえ無事だったとしても二年も三年も命は持たないと内心は思うほど、フラフラとおぼつかなかった。なぜ亡くなったのか、原因はわからなかった。

司さんもゆきえさんもそうだが、義行さんもこの徳山村の土地で土になろうとしたのだ。ここを離れようとしなかったのだ。

「真狩」「知来別」という言葉に、目を輝かせ涙を浮かべた。
北海道と徳山村を結びつける最後の人だった

みんなご先祖の元へ帰って行った。とても静かに、誰にも看取られることなく。

岐阜県揖斐郡徳山村。もうこの地名の名残は、徳山という名のダムしかない。大きな湖面が静かに波を打つ。この水底に誰が暮らしていたかなど、これから話題にされることはほとんどないだろう。この村を支え続けた最後の村民の話をかろうじて聞き残せたことは、生涯の宝として僕の脳裏に焼き付いていく。

そして僕は、このことを生きている限り、話し続けることだろう。

この村を潰してまで、ダムを造るべきだったのか。それはこの時代に生き続ける人間がずっと考え続けるべきテーマかもしれないが、僕は、後世にこのコンクリートの山を委ねてしまった罪悪感のような意識だけが残って仕方がない。きっとほかの方法があったはずだ。

一〇〇年の寿命と言われるダムは、一人の人間の寿命の長さでしかないのだ。わずか一代の時代を乗り越えるために、先代のすべてを食いつぶしてしまったのだ。それをゆきえさんは、震えながら訴えた。

毎年五月。今年も、ダムの水を満水にして、遠くから訪れる観光客のために観光放水をする。徳山の価値観は現代風にアレンジされ、変わってしまった。徳山村の名残さえも見つけるのが難しい。

しかし心地のいい風は、どこからか昔の村の香りを運んでくれた。

木の香り、山の匂い、どこか燻されたような匂いがした。

おわりに

『ホハレ峠』を取材しながら書き始めて八年。そして徳山村に関わり、ちょうど三〇年の節目に、この本を世に出すことができた。楽しみにしていたゆきえさんに読んでもらうことがかなわなかった。足跡を追いかけ、そこから見えてきたものの感動は忘れません。

挫折しそうなたびに助けてくれた長崎市在住の編集者・西浩孝さんに感謝します。そして、本という形に残してくれた彩流社の出口綾子さんにも多大な苦労をかけました。感謝を申し上げたいと思います。ありがとうございました。

●著者プロフィール

大西暢夫（おおにし・のぶお）

写真家。1968年、岐阜県揖斐郡池田町育ち。東京綜合写真専門学校卒業後、写真家・映画監督の本橋成一氏に師事。1998年にフリーカメラマンとして独立。ダムに沈む村、職人、精神科病棟、障がい者など社会的なテーマが多い。2010年より故郷の岐阜県に拠点を移す。

主著：ダム関連は『僕の村の宝物――ダムに沈む徳山村　山村生活記』（情報センター出版局）、『山里にダムがくる』（共著：山と渓谷社）、『おばあちゃんは木になった』（ポプラ社）で第8回日本絵本賞受賞、『水になった村』（情報センター出版局）、『徳山村に生きる』（農文協）、『ここで土になる』（アリス館、第62回課題図書　2016年）。

その他、『ぶた　にく』（幻冬舎）で第58回小学館児童出版文化賞、第59回産経児童出版文化賞大賞。

『分校の子供たち』（カタログハウス）、『花はどこから――花・花びん・水をめぐる3つのものがたり』（福音館書店）、『ミツバチとともに――養蜂家・角田公次』『シイタケとともに――きのこ農家 中本清治』（ともに農文協）、『アウトサイダー・アートの作家たち』（ボーダレス・アートミュージアム NO-MA 編、角川学芸出版）、『ひとりひとりの人――僕が撮った精神科病棟』（精神看護出版）、『糸に染まる季節』（岩崎書店）、『津波の夜に――3.11の記憶』（小学館）、『お蚕さんから糸と綿と』（アリス館）。

映画監督作品：『水になった村』（第16回EARTH VISION 地球環境映像祭　最優秀賞受賞）、『家族の軌跡――3.11の記憶から』、『オキナワへいこう』

年の差87歳。徳山ダムが完成した年に生まれた筆者の娘の徳美《ナルミ》と。
（ゆきえさんの自宅にて）

ホハレ峠《とうげ》

——ダムに沈《しず》んだ徳山村《とくやまむら》　百年《ひゃくねん》の軌跡《きせき》

2020年４月28日　初版第一刷
2021年２月18日　初版第四刷

著　者　　大西暢夫 ©2020

発行者　　河野和憲

発行所　　株式会社 彩流社

〒101-0051　東京都千代田区神田神保町3-10　大行ビル６階
電話　03-3234-5931
FAX　03-3234-5932
http://www.sairyusha.co.jp/

編　集　　出口綾子

装　丁　　竹井 賢

印刷　　モリモト印刷株式会社

製本　　株式会社難波製本

Printed in Japan　ISBN978-4-7791-2643-7 C0036